深爱食堂

格誉 著

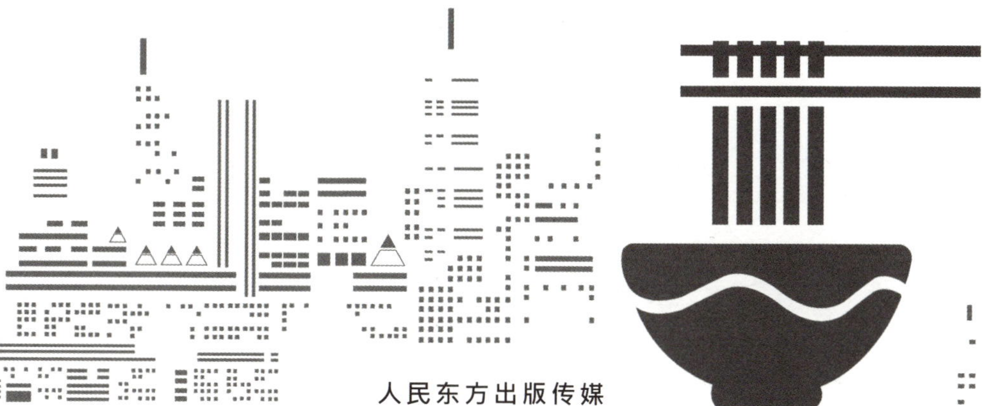

人民东方出版传媒
東方出版社

序言

每个做菜的人，心里都会有一个和平饭店。深爱食堂就是我的和平饭店。它和我一起度过静默的时光，潜息在城市洪流的一角，孤独而又满足。在城市里，人流来来往往，每个人都以为自己是故事的主角。但对我来说，万丈红尘，都是过客，除了阿玲。

“深爱食堂”的名字就是阿玲给的。她曾经在笔记本上郑重其事地写下过几个字：如果爱，请深爱。我以为，我跟阿玲能和深爱食堂一起老去，直至像一朵凋谢的花儿，花瓣轻轻垂落，投身于广袤的大地之间。但我猜得中这结尾，却猜不中这开头，没想到最先凋谢的，却是阿玲。

阿玲走了以后，深爱食堂就剩下了我一个人，每天重复着同样的工作，开门、做饭、打烊。日复一日，年复一年。

见惯了这方寸之地上演的离合剧，熟悉了每天都不停歇的悲欢场。如果说，有人的地方就有江湖，那么我也算是一个老江湖了。一个老江湖，一直守着自己的和平饭店，也会有人问我孤独吗？每当这时，我总是会想起阿玲临走之前给我留下的一句话：在这世间，唯有美食和爱不可辜负。

其实，在都市里生活的饮食男女，有几个不是一边哭笑一边在红尘里打滚？有的时候，我也会从他们身上，看到自己和阿玲的影子……

片儿川
麻婆豆腐

contents

蛋仔的幸福

每一个城市，最不缺乏的就是行人急匆匆的脚步，有的人擦肩而过，毫不留恋；有的人无意之间一转身，定格了某段时间的爱恋，从此惦念无期。

一

蛋仔，应该是深爱食堂中最年轻的常客了，因为特别喜欢吃鸡蛋，被食堂的常客们冠以“蛋仔”的名号。打扮有些浮夸。不过这倒也还说得过去，年轻，又是一个刚出道的演员，个性点儿在所难免。

只是，蛋仔刚刚毕业也接不到什么像样的戏，好在他心态好，如此现状并不能打击他对表演的热情以及他对未来的光芒四射的梦想。说实话，我个人挺看好他的，所以曾经答应他，等他拿到金马奖影帝那天我会请他吃十份儿肉蒸蛋。

肉馅已经剁好了。我把搅拌好的肉馅放进容器中，再用小勺在肉馅的表面压出一个小坑，挑一枚又大又圆的鸡蛋轻轻打开，再小心翼翼地把蛋黄、蛋液倒在压好的小坑中，红色的肉馅衬着黄色的蛋黄十分好看。每次做肉蒸蛋时，我都喜欢用最好的鸡蛋和肉馅，虽然这样成本有所增加，但是我喜欢肉蒸蛋做出来时鲜嫩的味道和此刻好看的颜色搭配，因为，我是一个厨师。

肉蒸蛋做好了，我把葱花撒在上面。撒葱花和撒香菜一样，都是一门艺术，一种做饭的艺术，配料除了给饭菜增加味道之外，有艺术感的拼盘或者造型都会给食客带来赏心悦目的享受。

之后，我把肉蒸蛋小心翼翼地放入了保温锅。

我为自己倒了杯茶，安静地看着食客们享受自己的食物，他们的欢喜是对我最好的奖励。

对面的老院长和英姿正吃着各自的食物，小声地议论着最近身边发生的事情。

“当”，门突然开了。蛋仔故作潇洒地出现在门口。

“蛋仔！动作轻一点儿会死啊！这大半夜的是要吓死我们吗?”英姿被蛋仔吓了一跳，放下筷子对着蛋仔吼道。

蛋仔没有理会英姿的咆哮，很帅气地伸出一只手，故作深沉地说:“我是来自星星的都教授，在这颗孤独的星球上已经独自生活了400年……”说着，蛋仔模仿某位巨星的样子甩甩头发。可能是发胶用多了吧，头发纹丝未动。

我总觉得蛋仔的心理年龄还停留在小朋友的状态，有些稚气，有些不成熟。

“哎哟，蛋仔，今天发型不错哦。你别说，倒是给了我灵感了，我们院的贵宾犬发型也可以这样做。蛋仔，到时候你可得来指导啊。”老院长和蛋仔开着玩笑。

“噗”，英姿乐了，随即又严肃地说，“蛋仔，我觉得你可以去们那当模特了，又有气质又有型。”

“蛋仔，今天穿这么帅是要约会吗？”我想起了刚才蛋仔打电话要我提前做的肉蒸蛋，问道。

“嗯呢，”蛋仔开心地回答，“我的女神一会儿下班要来吃饭，我想让她尝尝我喜欢的肉蒸蛋。”

我呵呵一笑。相爱的人都这样吧，如果自己喜欢的东西对方也能喜欢，那对自己而言简直就是莫大的欢喜。

“看来蛋仔进入热恋期啦。”英姿羡慕地说，“哎，蛋仔都能找到自己的真爱，为什么我还是单着呢？”

“看，我会把我的好运传给你。”蛋仔伸出双手，对着英姿模仿着武侠电影里传授武功的样子。

我和老院长对视一眼，笑笑，看来蛋仔确实就是一个长不大的孩子。

在店里的挂钟指向午夜十二点的时候，食堂的门被拉开了，一个四十多岁的女人走了进来。女人穿着办公室里常见的套裙，我不懂时尚，看不出什么品牌，但是从裁剪和做工来看估计是某个大牌的产品。女人妆容精致，有着这城市白领惯有的冷漠表情，但即使是这样，也能让人感觉到她的美丽——虽然年龄大了一点……不过要承认，蛋仔确实有眼光。

蛋仔立刻停止了他的“功力传输”，两眼放光地冲女人挥挥手。女人面无表情地瞅了蛋仔一眼，很显然，她看到了刚才蛋仔传授功力的那一幕。

“刚下班？累吗？”蛋仔为女人拖出椅子，让她坐下。

“嗯，这几天公司季度工作总结，要准备很多报表，所以弄得很晚。”女人依旧面无表情地说。

“饿了吧？”蛋仔关切地问道，“老板，把那份儿肉蒸蛋端上来吧。”

我从保温锅里端出了依旧热气腾腾的肉蒸蛋，再放上两把勺子和筷子：“肉蒸蛋，请慢用。”

我坐回吧台，装作不经意的样子，偷偷地观察着女人吃肉蒸蛋的反应。根据以往的经历，如果一个人对另一个人喜欢的东西也表现出十分喜欢的样子，这段感情就有希望，反之，如果对方毫无感觉甚至是有些厌烦，那这段感情十有八九不能坚持下去。不知道是不是真理，但是实践证明是没有误差的。

女人拿起筷子将肉蒸蛋上面的葱花一点点拣出来。

“为什么要挑出来啊？肉蒸蛋要放葱花才会出味。”蛋仔不解地问。

“我不喜欢葱花的味道。”

蛋仔无奈地看着女人把葱花一个不剩地挑出去，摇摇头，浇上几滴香油。

女人舀了一勺肉蒸蛋，放进嘴里。蛋仔期待地看着女人的反应，希望能得到她对肉蒸蛋的夸赞，在他的概念里，那句夸赞应该可以和认同自己相提并论。但是，女人让他失望了。她毫无表情地吃着蛋仔最喜欢的肉蒸蛋，仿佛这盘食物和其他填饱肚子的东西没有任何区别。我在心里深深地叹口气。

“我要去美国了。”女人忽然毫无征兆地说道。

“咳咳，”蛋仔被呛到了，他连咳几声，着急地问，“你说什么？”

“我要去美国找他，然后复婚。”

蛋仔头上仿佛响起了一个晴天霹雳，震得他半天回不过神来。老院长和英姿互相看看对方，英姿吐吐舌头，没敢说话。

“我们不是说好要一起走下去的吗？”蛋仔失望地问。

“这段时间我好好想了想，我们还是不合适。”

“可是你说过，年龄不是问题啊……”

“跟年龄没关系！”女人打断了蛋仔的话。

“那跟什么有关系？你要对我有信心，我现在真的特别努力。我马上就要主演一部电视剧，将来让我养你好吗？”

“不是你能不能养我的问题。”女人平静地说，“是我的原因，我需要有个依靠。对不起！”女人掏出100块钱，放在桌子上，“老板，不用找了，你做的肉蒸蛋很好吃。”

没想到女人会这么直接，这出乎我的意料。我收下了钱，说：“谢谢。其实，加了葱花的肉蒸蛋更好吃，不要按照以往的印象直接拒绝，尝试一下总没有坏处。”

女人听出了我的言外之意，她笑笑，起身离开了。

曾经在蛋仔眼里最美好的感情就这样结束了。两个月前，蛋仔在一家夜店外帮人做代驾时，偶然认识了这个女人，随后，两人便以极快的速度坠入爱河。曾经有熟客对我说，现在的爱情一般有两种情况：一种是图物，通常情况下会看彼此的家庭背景和经济情况，极端一点便是所谓的“傍大款”、“傍富婆”；另一种情况则是图人，也就是说在爱情里面看重的是对方的人品、性格、能力等方面，即通常所说的“纯爱”。我相信，女人和蛋仔之间曾经是有过真正的感情的。蛋仔是刚毕业的毛头小伙，除了自己，一无所有；女人则是典型的女强人，靠自己努力挣得家业富足。所以，女人爱上蛋仔肯定是第二种情况，图人而已。但时间长了，总容易物是人非。

二

爱情绽放时总是最美丽的，正如烟花在空中划过，易逝却绚烂。失去了爱情的蛋仔变得有些颓废，再来食堂时不再是精心装扮过的模样。头发蓬乱，衣着随意，和以前简直判若两人。

老院长进来时，蛋仔正坐在桌前和一个小男孩大眼瞪小眼。

“私生子？你可真是紧跟贵圈潮流啊！”老院长看见小男孩吃惊地说。

“电玩城捡的！”蛋仔头也不回地答道。

“你这样对爷爷说话是非常不礼貌的！”小男孩义正词严地教训蛋仔道。

“哟，于小贝同学，你很懂事啊！懂事为什么逃学？”蛋仔点了一下他的额头。小贝不说话了。

“肉蒸蛋好啦！”我端上一大一小两份儿肉蒸蛋。为了哄小贝，我用青菜叶在小份儿的肉蒸蛋上做了个叮当猫的造型。

“咦，叮当猫！”小贝惊喜地叫出来，“谢谢叔叔！”说着，对着我甜甜地一笑。

“别客气，你喜欢就好。”

蛋仔给大小两份儿肉蒸蛋浇上几滴香油，“怎么没见过你谢谢我啊？”

“哥儿们之间是不用道谢的。”想不到这孩子说话一套一套的，颇有江湖气息。

“这是谁家的孩子啊？”在蛋仔和小贝吃饭的时候，老院长凑近我，悄悄地说，“你不看着这孩子眼熟吗？”

“哎，你别说，这么一提还真是……”我琢磨着，可实在想不起来这孩子像谁了。

“这孩子到底是怎么来的啊？”老院长到底是过来人，比较谨慎。

我小声回道：“蛋仔说，今天他在电玩城里抓玩具，这个小男孩就缠着他，让他帮忙抓玩具。喏，就是小贝旁边那个。”

老院长顺着我指的方向看了一眼：“抓玩具也不能这么晚不回家啊，家长该多着急啊。”

“蛋仔帮小贝抓完玩具，本来想让他回家来的，可这孩子不回家，也不说父母是谁，就一个劲儿地跟着蛋仔，蛋仔跑他也跑，蛋仔停他也停。蛋仔实在没办法了，就把他带这来了。”

老院长点点头：“原来是这样啊。依我看，不如这样，一会儿我送这孩子回家，蛋仔最近不在状态，自己都照顾不了。”说完，便和小贝套起了近乎，“小贝啊，一会儿爷爷送你回家好不好？你蛋仔叔叔还有事要忙。”

“是真的吗？”小贝瞪着大大的眼睛，一动不动地看着蛋仔。

蛋仔看了看老院长，又看了看我。我冲他点了点头，于是，蛋仔回头对小贝说：“是真的，叔叔晚上要上夜班。”

“好，那你明天陪我玩好不好？”

蛋仔慌乱地点点头。

“小贝啊，你这么晚不回家，爸爸妈妈不担心吗?”老院长早已儿孙满堂，自然会站在父母的角度考虑问题。

“我爸妈离婚了，我跟着妈妈，她经常加班到夜里才回家，我一个人在家害怕。”小贝的声音逐渐低了下去，人也不再那么兴奋了。

“唉，这是什么父母啊!”老院长生气了，“等见到你妈妈，我一定要好好教训她!”

“不要，”小贝着急了，“妈妈一个人养家很辛苦的。”

“好好，爷爷不训她。”老院长伸手摸着小贝的头，眼睛里充满了怜爱。

三

蛋仔还没有从上一段感情中走出来，总是郁郁寡欢的样子，而小贝则喜欢紧紧地跟着蛋仔，把蛋仔当作自己的偶像。一个心不在焉地怀念着曾经的感情，一个需要人陪伴想要个完整的家，就这样，蛋仔和小贝成了忘年交。两人经常在一起打电动、在路上闲逛、吃一份儿肉蒸蛋。想想也对，蛋仔属于外表成熟内心幼稚，小贝本身就是孩子，两个人内心都未进入成人的世界。

“看见过小贝的妈妈吗?”我给老院长倒上茶，看着一旁吃着肉蒸蛋的小贝，“孩子还小，不能一天天这样混啊。”

“别提了。”老院长生气地摆摆手，“那天晚上我按照小贝说的地址把他送回家，在楼下，小贝说了声‘谢谢爷爷’就跑上了楼梯。我抬头看看窗户，没有一家是亮着灯的，这说明什么？说明小贝家里还是没有人啊！”老院长叹口气接着说，“我在楼下站着，小贝回到家打开灯站在窗户边对我挥挥手，我才离开。真是难为这孩子了。”

“他父母是做什么工作的啊，那么晚不回家，难道就一点儿都不担心孩子吗？”英姿不知道什么时候进来了，站在旁边表达着自己的愤怒，“这样的人就不配做父母！”

“嘘，小点儿声。”老院长连忙制止住英姿，又回头看看小贝。小贝还是像刚进来时一样，无精打采的样子让人心疼。

“你怎么了？”蛋仔问。

“我想妈妈了。”小贝有些委屈。

“你还没断奶啊，天天见有什么好想的？”

“不是，妈妈已经加班好几天没有回家了。”

蛋仔放下筷子，不知道该怎样安慰小贝。

“让你一个人在家里，你妈妈也放心啊。”老院长也有些气愤。

“嗯，妈妈说这样能锻炼我的独立性。”

“真不配当……呃……我是说你妈妈心够大的啊。”英姿在老院长眼神的暗示下吞回了后半句话。

“今天下午放学的时候，我给她打电话，想让她接我放学，妈妈就说了六个字。”小贝一个字一个字地数着妈妈说过的话，“在开会，没时间。然后她就把电话挂了。”

“哎哟，你这样跟留守儿童没什么两样啊。哦，不对，人家留守儿童还有爷爷奶奶或者外公外婆陪着呢，再不济也有个兄弟姐妹啥的。你啥都没有。”英姿气鼓鼓地说。

“不对，我有蛋仔叔叔。”小贝反驳着英姿。

大家都愣住了，谁都没有想到蛋仔在小贝的心里有这么高的地位，他对蛋仔的亲近感是深爱食堂的其他人所无法取代的。小孩子的内心总是最纯真的，谁对自己好，他就把谁当成自己的亲人，有没有血缘关系反而不那么重要了。

“我想见妈妈，蛋仔，你帮我想想办法吧。”小贝乞求着，他的确把蛋仔当成了自己的偶像。蛋仔在小贝那里是万能的神，无所不能，有求必应。

“可我除了演戏什么都不会，怎么帮你？”蛋仔挠了挠头。

“我有办法。”小贝瞪大眼睛，满脸的兴奋，“蛋仔，你可以扮演一个坏人，给我妈妈打电话，就说把我绑架了，让她必须来这里。”

“哎哟，小祖宗，这可是犯法的！”老院长说。

“就是，可使不得。再说了，就蛋仔那演技，会穿帮的！”英姿找着理由想让小贝放弃这个幼稚的想法。

“瞎说，我的演技举世无双！小贝，这个忙叔叔帮定了！”也许是为了向小贝证明自己的能力，英姿的话反而成了激将法。

也许是为了酝酿情绪，蛋仔掏出一副墨镜戴上，然后摆出一副冷酷的表情。情绪酝酿得差不多了，蛋仔掏出手机：“小贝，说号码。”

“哪有绑匪用自己的手机打电话的！你专业点儿好不好？”英姿笑着说。

“唉唉……太丢人了，太丢人了……我什么都没看见啊。”老院长学着蛋仔夸张的样子，用手捂住了眼睛。

“用我的。”小贝掏出了自己的手机。

“哎哟，这手机比我的都好。”蛋仔接过手机赞叹着。

用着最时尚的手机，住着豪华的大房子，这是多少人梦寐以求的东西，可是这些对于小贝而言，都不如一个完整的家。

“你好啊！”电话接通了，蛋仔模仿着电影里的桥段，拽着蹩脚的广东话。

“你见过哪个绑匪要赎金还向对方问好的？”英姿偷笑着和我耳语道。

“还说广东话，真当自己是陈浩南啦？”老院长说。

“严肃点儿，绑架呢！”蛋仔捂住话筒，对两人怒目而视。

“你儿子现在在我手上，我限你十二点前必须到‘深爱食堂’，否则，我就撕票。还有，不许报警！”

“还有直接透漏自己地点的绑匪，你是警察派来的卧底吧？”英姿小声说。

蛋仔没有理会英姿，把手机放到了小贝的嘴边。“妈妈！妈妈！”小贝十分配合地一边哭一边喊。

蛋仔挂掉了电话，说：“小子，行啊你，演技比我都好，眼泪说来就来！行了，收了吧，戏演完了。”小贝没有因此停止哭泣，反而哭得更凶了。大家面面相觑，才知道，小贝是真的哭了。蛋仔蹲下，把小贝揽进怀里，拍拍他的头说：“乖，不哭了，妈妈一会儿就来。”

“呜呜……今天是我的生日，妈妈都不记得了，呜呜……”

小贝哭得更伤心了。

小孩子没有什么心计，开心不开心都会挂在脸上，被冷落、被无视的时候就会毫无顾忌地号啕大哭，而成人则必须把这些都埋在心底，哪怕是头天晚上难过得要死，第二天还是得爬起来挂上一成不变的微笑去上班。成长就像是一个学习戴面具的过程，只是一旦学会了，面具就再也摘不下来了。

英姿也在跟着偷偷地抹眼泪，这小姑娘，心就是软。

“造孽啊！”老院长狠狠地拍了下桌子，“既然不想对孩子负责，当初要孩子干吗！”

“叔叔带你去买蛋糕好不好？”蛋仔为了哄小贝，开始以美食诱惑。

“不行啊，你俩走了，小贝妈妈来了怎么办？”英姿连忙提醒蛋仔。

“要不这样吧，”我想起了冰箱里准备做肉蒸蛋的肉馅，“我用肉蒸蛋做一个蛋糕吧，正好小贝也喜欢吃。怎么样，小贝？”

“嗯……”小贝哽咽着，满脸泪水地点了点头。

二十分钟后，门外响起了高跟鞋的声音，接着是门把手转动的“吱呀”声。

“小贝！”一个有些熟悉的声音传了进来。我心里有些疑惑，但却看不到来人的相貌。为了营造效果，我们提前关上了所有的灯，借着门外的霓虹灯只能模模糊糊地看出人的轮廓。

蛋仔和小贝唱着生日歌从厨房走出来，蛋仔手里托着的肉蒸蛋上插着明亮的蜡烛，在黑乎乎的食堂里显得格外温馨。蛋仔走近小贝的母亲，两人忽然都愣住了。

“小贝生日快乐!”大家欢呼着打开灯，紧接着，众人都愣在原地。原来站在面前的不是别人，正是之前刚刚把蛋仔甩了，表示要去美国复婚的女人。在这一瞬间，小贝眼睛、嘴巴的似曾相识，刚才声音的熟悉，都有了答案。这个世界真小，兜兜转转了一圈，大家又回到了原点。

“于小贝，你长本事了啊！你给我过来!”女人冲着小贝喊道，谁也想不清楚她是为了躲避与蛋仔的对视，还是真的要教训儿子。

小贝见妈妈真的发火了，藏在蛋仔身后不敢出来。女人可不管这是在哪里，走到蛋仔身边，拎着小贝的耳朵，把他拽到了一边。

“逃学、逃钢琴课、跟同学打架，现在还学会骗人是不是?”

“也不能全怪他啊，他又不喜欢上钢琴课。刚才的电话也只是为了见你，想让你给他过生日。”蛋仔捧着肉蒸蛋过去给小贝解围。

“一直怎么跟你说的，妈妈最讨厌什么？最讨厌撒谎骗人的小孩!”女人没有理会蛋仔，一边用手推着小贝的肩膀，一边声嘶力竭地训斥着。

“唉，他这不是希望你能多陪陪他嘛。”蛋仔挡在小贝面前。

“你闭嘴，我教训我儿子，关你什么事!”女人一把把蛋仔推开，蛋仔一个趔趄没站稳，差点把肉蒸蛋扣在地上。“还有你！整天游手好闲，自己没有正经工作也就算了，现在还带坏别人的小孩，你说你能干点什么!”

“哇……”一直没有出声的小贝，听到妈妈斥责蛋仔，忍不住哭了。他一头撞在女人身上，“他没有带坏我，他是好人，他每天都陪我玩，你才是坏人，你连我的生日都忘了……”小贝一边用头推着女人往后走，一边用手胡乱捶打着，号啕的哭声揪紧了现场每个人的心。

女人的眼圈红了，沉默了下来。

“小贝乖，咱们吃蛋糕吧。”我从女人身边抱起小贝，说，“既然都来了，先给孩子过生日吧。”

“快，快拼桌子。”老院长尽管对女人一肚子不满，还是压住了火气，和大家一起收拾。

“小贝，你许个愿吧。”食堂里的灯再次熄灭。幽幽的烛光衬着小贝稚气的脸，让人能忘记这之外的一切恩恩怨怨。不管大人之间的感情是成功还是失败，孩子总是无辜的，他有权利要一个快乐的童年，一个完整的家。

“我想要跟蛋仔成为一家人，一起生活。”毕竟是孩子，单纯的想法让人心疼。女人尴尬地看了一眼蛋仔。

“傻瓜，愿望说出来就不灵了。”蛋仔知道，这是一个永远也实现不了的愿望。

“蛋仔，你长得像我爸爸，你知道吗？”

蛋仔愣住了，他看看女人，女人低下了头。

“小贝，妈妈要跟爸爸复婚了，下周我们一起去美国，你就能见到爸爸了。”女人说。

“蛋仔能去吗？”

“不能。”

“我想要蛋仔陪我……”小贝的声音渐渐低下去。蛋仔摸摸小贝的头，表示安慰。“蛋仔，你会去美国看我吗？”小贝充满期待地看着蛋仔问道。

“当然！等我去领奥斯卡奖的时候就去看你！”

“太棒了！蛋仔万岁！”小贝欢呼起来，“吹蜡烛喽！”

最后一点烛光里，女人对蛋仔做出一个口型，借着那一点点烛光，大家都看清了，那是一句“谢谢”。

肉蒸蛋做成的蛋糕，没有奶油，没有巧克力，没有七彩的颜色，却让大家吃得欢呼雀跃。还有，女人这次吃肉蒸蛋没有挑去葱，而是小心翼翼、认认真真地用勺子和着肉蒸蛋一起吃掉了。那味道，也许是她从没有尝过的吧。

女人最后还是走了，带着小贝漂洋过海，去了大洋彼岸。临走前，她鼓励蛋仔不要妥协，要为自己的梦想坚持下去。也不知道是真心话还是客套，不管怎么说，算是给了蛋仔一些安慰。得了这句话，这小子对这份感情的付出也不算是全军尽殁、灰飞烟灭了。随后不久，蛋仔在英姿的推荐下去电视购物频道做模特，工作很辛苦，但也算是朝着他“影帝”的梦想迈出了坚实的一步。就像他常说的：我是蛋仔，我为自己代言。

偶尔，蛋仔还是会聊起小贝，聊起小贝在美国的点点滴滴，不经意间，他也会谈起那个让他心动过的女人，谈起那份惦念。每次当伤感袭来的时候，蛋仔就会长叹一口气，然后重整旗鼓，抖擞精神，要上一份儿肉蒸蛋。

肉蒸蛋

原料 主料：鸡蛋三个，猪肉50克
辅料：葱末5克，淀粉5克，酱油10克，精盐2克

做法
1. 将鸡蛋打入碗内搅散，放入精盐、清水（适量）搅匀，上锅蒸熟。
2. 选用三成肥、七成瘦的猪肉剁成末。
3. 锅置火上，倒入适量油烧热，放入肉末，炒至松散出油时，加入葱末、酱油及水（适量），浇在蒸好的鸡蛋上面即成。

哲骑士

梦想是一个人前行最大的力量，有梦，就有希望。这是一个人人都渴望奇迹而音讯杳然的时代，但人就是这么奇怪的动物，只要不死，就不会甘愿屈服。

一

挂钟“当”的一声，已经是凌晨十二点半了。蛋仔打了个哈欠，对我摆了摆手说：“老板，我要回去睡觉了，Goodbye。”

乔公子打趣道：“蛋仔，看你这么恋恋不舍的样子，是不是今晚上肉蒸蛋没吃够啊。你以后干脆跟肉蒸蛋结婚得了。”

“哼，你以为我真不敢啊，我还告诉你，说不准哪天我真就嫁给肉蒸蛋了。”蛋仔不服气地说。

我忍不住在一旁接话道：“哟，还是一倒插门。”

“老板，现在连你也拿我寻开心了！”蛋仔假装生气地瞪了我一眼。正要推门出去的时候，忽然门“吱呀”一声开了，一个二十多岁、黑发如瀑、身材高挑的姑娘走了进来。

这姑娘进来得无声无息，脸上化着浓浓的烟熏妆，仿佛是从黑夜里突然出现的一个精灵。她径直走到我面前，用略带嘶哑的声音问道：“老板，还有夜宵吗？”

“有，姑娘想吃点什么？”

“来份儿扬州炒饭吧，多放点蔬菜。”

“好，你先坐，马上就好。”

我正要给姑娘做炒饭，忽然听到了乔公子那“娘炮”的说话声音：“哎呀，蛋仔，你不是说要回家睡觉的吗？”

我这才发现，蛋仔还没走呢。他站在门边，身体朝着门外的方向，头却转了过来，直直地盯着刚进来的那个姑娘。得，蛋仔这是看到自己的“肉蒸蛋”了。

“哎呀，怎么回事，突然又饿了。”蛋仔装模作样地折返回来，说，“老板，再给我来份儿肉蒸蛋。”

乔公子在一边夸张地叫道：“哎呀，蛋仔，你这一晚上都吃三碗肉蒸蛋了，没撑坏吧？”

蛋仔不服气地瞪起眼睛：“我就愿意吃，怎么了？”

我从厨房里转出来，说：“蛋仔，真是不好意思，只有两个鸡蛋了，还得留着做扬州炒饭，你这肉蒸蛋是做不成了。”

“哈哈，”乔公子笑得前仰后合的，“蛋仔，真是天公不作美啊。不是我说你，你这演技是真心不行，亏你还是演员，连我瞅着都假。敢情《演员的自我修养》那本书你还没看呢是吧……”

在乔公子的笑声中，蛋仔尴尬地退场了，临走前还恋恋不舍地看了那姑娘好几眼。那姑娘只是双手托着腮，双眼落寞地望着前方，一点儿都没有注意到蛋仔的目光。

加油、放料、翻炒、起锅，很快，一份儿香喷喷的扬州炒饭做好了。我端着炒饭走过去，姑娘闻到香味，落寞的眼神里立刻充满神采。她尝了一口，忍不住叫道：“老板，你这扬州炒饭做得地道！”

“哦，怎么说？”

“做扬州炒饭的精髓，就是饭要一粒粒的分开，还要沾着蛋，松而不垮，韧而不硬，嚼上一口，味蕾能够在一瞬间全部调动起来。虽然只是炒饭而已，却也能达到爆棚的状态，让人在味道渐渐地消散中体会到扬州城曾经辉煌而恬淡的岁月。”

“我去！”乔公子忍不住叫道，“只是一碗炒饭而已，有没有这么多讲究啊。”

“老乔，不懂了吧，这就叫饮食文化。”我哈哈笑道，又问那姑娘，“看得出来，你对扬州炒饭的感情很深刻啊。”

“那当然。”她一边大口往嘴里扒着饭，一边用含糊嘶哑的声音说，“我就是扬州人。”

“怪不得呢，你这不是吃炒饭，而是老乡见老乡啊。”乔公子调侃道，“他们都叫我乔公子，内衣设计师。当然，你也可以叫我时尚乔。请问姑娘芳名？”

她犹豫了一下说：“华颖。”

这就是华颖第一次来到深爱食堂吃扬州炒饭的情景。她都是晚上来，几乎是深爱食堂关门之前来得最晚的顾客，那天算是比较早的。她的食谱很固定，每次都要一份儿扬州炒饭。在等待炒饭上来的空闲时间里，默默地坐在那里发着呆，化着烟熏妆的眼神寂寞而失落，就像月光下沉寂的黑夜。只有在扬州炒饭端上来的那一刻，她的眼神中才会在瞬间焕发出光彩来，整个人也健谈了许多。

蛋仔几乎是从见到华颖的第一眼就坠入了爱河，当然，是一厢情愿的爱河。用他的话来说，华颖那种颓废的气质和嘶哑的嗓音就像毒药一样让人无可自拔。蛋仔说他的第一个女朋友就是这样的，对此我持保留态度，我甚至怀疑他的第一个女朋友应该是女班长一类的御姐角色，在极端强势的长期压制下，才造就了蛋仔今天的这种性格。不过蛋仔是很悲催的，因为时间关系，他只见过华颖那么一次，每次华颖来的时候，蛋仔都已经回家睡觉去了。由于他第二天还要录节目，所以，没办法熬得太晚。于是，有关华颖的很多事情，他都是从我们口中听说的。

乔公子说：“华颖是扬州人，特别喜欢吃扬州炒饭，她简直对扬州炒饭有一种恋人般的情感。蛋仔，我觉得你没戏。”

老院长说：“那姑娘我见过两次。话不多，很落寞的感觉，但每次一见到扬州炒饭就两眼放光。这还是要归功于老板的手艺。”

蛋仔又问英姿，英姿只是低头吃饭，眼睛也不抬地说：“你们都觉得好，就好呗。我没什么好说的。”

“呵呵，”我笑道，“老话说得好啊，一山不能容二虎，除非一公和一母。”

“老板，你……”英姿气恼地抬头瞪了我一眼。

蛋仔又问：“华颖她是做什么的啊，老板你知道吗？”

我摇摇头：“不知道。她每次来，我们聊天的话题也只是局限于炒饭，别的都没有谈起过。”

“还能是做什么的？”英姿抬起头，“每天都化着烟熏妆，大晚上的才出来吃饭，还嘶哑着嗓子，反正干的不是什么正经职业……"

"陈英姿!"蛋仔气恼地叫道，"你这是胡说八道，完全是一厢情愿的猜测!"

"我同意蛋仔的观点。"老院长点点头，"华颖那姑娘不像是乱七八糟的人。我见过的年轻人也多了，这点分辨力还是有的。你们有没有注意到，她每次出现的时候眼神都很疲惫，但都非常的清澈。"

英姿接连遭到两番反对意见，她把目光投向了"好闺蜜"乔公子，以寻求支持。乔公子领会到了英姿的眼神的意思，却含含混混地说："那……那啥，我保留意见哈。"

"哼!"英姿不满地哼了一声，又看向了我，"老板，你是老江湖了，看人看得准，你说句公道话。"

我笑道："画虎画皮难画骨，知人知面不知心。有些事情光靠猜是没用的。蛋仔，你要是想知道，今天晚上就晚点走，等华颖来了，你当面问问她。"

"啊，这个……"蛋仔却一下子踌躇起来。

"什么这个那个的，"乔公子叫道，"男子汉老爷们的，爽快点行不。你要觉得不好意思，我留下来陪你助阵。"

老院长说："蛋仔，勇敢点，年轻人追求幸福是没错的。我今天也留在这给你打气。"

蛋仔又看向英姿。英姿"哼"了一声，未置可否，不过她没泼凉水已经算是对蛋仔的鼓励了。在朦胧爱情的动力驱使下，蛋仔最终决定留下来等待，直到华颖的出现。

二

时间“嘀嗒嘀嗒”地往前走着，一刻不停。看着天上的星辰，地球就像个孤独的浪子，漂浮在无穷无尽的黑夜中。

浓重的睡意如同夜晚一样越来越深地笼罩在这个城市上空。英姿终于撑不住回家睡觉去了，乔公子和老院长也是哈欠连天，决定再陪蛋仔站最后十分钟的岗，然后各自回家睡觉去。就在这个时候，华颖出现了。今天的她比以往来得还要稍晚一些，挂钟时针已经斜斜地指向了“2”的位置。她还是那副装扮，化着浓浓的烟熏妆，长发如瀑，黑得像是这夜色染成的一样。

华颖打了一个长长的哈欠，找了个地方坐下来，嘶哑的声音听上去格外的疲惫，“老板，老样子，扬州炒饭。”

我应了一声，同时朝蛋仔使了个眼神，示意他已经可以开始了。蛋仔却愣在原地没动，甚至一直低着头，连走过去搭讪的勇气都没有，所谓“近乡情更怯，不敢问来人”，恐怕就是这个意思了。我叹了一口气，转进厨房里做饭去了。

等我把做好的扬州炒饭端出来的时候，发现蛋仔仍坐在原位没动，想不到乐天派、油嘴滑舌的蛋仔在遇到“真事”的时候，竟然是这般羞涩。

华颖双手托腮，眼神落寞地看着电视里的广告。这时，蛋仔忽然站了起来，拿起遥控器转换了频道。我愣了一下，随后才想明白，刚刚的频道马上就会重播“好易购”电视购物节目，蛋仔会作为模特出镜，可能他不想让华颖看到自己那么夸张的表演吧。这孩子，心思还挺缜密的，我笑了笑。

华颖大口吃着炒饭，我再次朝着蛋仔使了个眼色，催他赶紧行动。华颖一般吃完饭之后就会离开，到那时候想问也没机会了。可蛋仔就像是个羞涩的小女生一样，死活没有勇气朝着华颖开口说什么。

一直在等待蛋仔“爆发”的乔公子终于忍不住了，说道：“华颖，我今天给你介绍一位大明星认识。”

华颖好奇地抬起头，嘴上还沾着米饭粒，“哦？”

“噔噔噔噔——”乔公子用一个夸张的姿势把蛋仔请了出来，“有请我们未来的金马影帝，蛋仔先生！”

蛋仔不好意思地瞪了乔公子一眼，又讪讪地跟华颖打了个招呼：“嗨。”

老院长在一旁帮腔说：“蛋仔是个演员，非常有潜力，早晚会成为明星。”

华颖盯了蛋仔几秒钟，脸上忽然出现了恍然大悟的神情：“哦，我认得你！”

蛋仔觉得很意外：“你认识我？”

“那天晚上，我来吃炒饭的时候，把你的肉蒸蛋的两个鸡蛋给抢了，你还记得吧？”

“哦，原来你记得的是这事儿啊。”蛋仔有些沮丧。

“嗯，我还没来得及谢谢你呢。”华颖说着，对蛋仔报以一个浅浅的笑容。

老院长和乔公子争着向蛋仔使眼色，让他抓住机会，趁热打铁，一举拿下。终于，蛋仔鼓足了勇气问道：“你每天都这么晚来吃夜宵，是做什么工作的啊？”

华颖把最后一点儿炒饭扒进嘴里，说：“我是驻唱歌手，就在前面那条街的‘夜莺酒吧’。不过——”说到这里，她莞尔一笑，“我早晚有一天会有一支自己的乐队，名字我都想好了，就叫‘梦骑士’！行啦，我吃完了，各位拜拜。”华颖站了起来，很干脆地结账走人，把目瞪口呆的蛋仔晾在了那儿。

蛋仔像个花痴似的一直望着门口的方向，喃喃地道：“梦骑士……”

“一物降一物，卤水点豆腐。”老院长说。

“没错，”乔公子幸灾乐祸地道，“终于有人能够把天不怕地不怕的蛋仔给治住了。”

三

这天晚上，蛋仔突然宣布了一个重要决定：他要从“好易购”辞职。听到这个消息，我们几个都愣住了。

英姿奇怪地问：“不是干得好好的吗，怎么突然间要辞职啊，有猎头来挖你啦？”

“没有。”蛋仔摇摇头。

老院长打趣道：“蛋仔啊，不会是哪个富婆相中了你，把你给包了吧？”

“嗨，哪个富婆要是把他给包了那真是瞎了眼了。”乔公子拍了一下蛋仔的肩膀，说，“小子，你前一段时间天天买双色球，说，是不是中大奖了？老实交代。”

蛋仔一本正经地说：“没有富婆包我，我也没有中奖。你们都想错了。”

“那是为什么？”乔公子琢磨道，“你不会是看破红尘，准备出家当和尚了吧？”

我说：“那不可能，当了和尚，以后可就再也不能吃肉蒸蛋了。”

“你们都别猜了。”蛋仔站起来，脸上带着一种慷慨激昂的表情说，“我已经决定了，要加入华颖的乐队，和她一起组建起‘梦骑士’，完成她的这个梦想。”

我们几个瞠目结舌。

乔公子首先反应了过来，夸张地叫道：“不是吧，蛋仔，你要玩乐队啊。你根本不是那块料嘛。”

“谁跟你说我不行了？我只是没展示过自己这方面的才华而已。我可是表演专业科班出身，声乐方面也是必须学习的课程之一。”

“关键不是这个，蛋仔……”老院长语重心长地说，“我理解你的雄心壮志，可是你想过没有，你这是剃头担子一头热，你光自己做决定了，人家会接纳你吗？”

“肯定会。”蛋仔信誓旦旦地说，“我会用自己的专业和诚心来打动她。”

大家都劝蛋仔要考虑清楚，不要冲动。可蛋仔却说他心意已决，今天晚上就要向华颖表白，将自己的想法毫无保留地告诉她。

那个时候，我从蛋仔的眼中看到了一种追求爱情的坚定的光芒，每个人一生中都会或多或少地经历这样的时刻，可遇而不可求。这本身就已经很值得纪念，无论成功与否，这瞬间的人生都是幸福的。

墙上挂钟的时针已经迈过了“2”的位置，不知道为什么，华颖迟迟没有出现。乔公子、英姿还有老院长也都没有走，他们都陪着蛋仔，等待见证奇迹的那一刻。

门“吱呀”一声被推开了，华颖终于出现了。她稍稍低着头，如瀑布般的长发披散下来，斜斜的刘海儿盖住了半张脸庞，用比以往更带嘶哑的嗓音说：“老板，来份儿扬州炒饭。”

我总觉得她今天有些不对劲，便问道：“华颖，你怎么了？”

“没事。”她低着头，勉强给了我一个笑容。

“不可能没事吧！”蛋仔上前撩开了挡在华颖左边脸颊的头发。华颖的脸上依旧化着烟熏妆，但却遮不住她左眼处的一大片青紫。“这是谁打的？”蛋仔一下瞪起了眼睛。在我看来，那一刻他仿佛是睚眦尽裂，怒发冲冠。“我干他大爷！这是谁弄的，我今天非灭了他不可！”平时嘻嘻哈哈的蛋仔此刻爆发出从来没有过的愤怒，一股血性的男子气概喷薄而出，竟让人有些害怕。他突如其来的变化让乔公子和英姿都愣住了。

“没事，不用生气，真的……”华颖浅笑着，但笑容中却有一丝凄楚。

“不，不行，华颖你告诉我，这是谁干的！”蛋仔不依不饶。

“酒吧的客人。”华颖沉默了片刻，告诉蛋仔，“今天酒吧里一个客人要点歌，问我会不会唱《十八摸》，还对我动手动脚。我拒绝了他，说我只唱自己的原创歌曲，他说他给我钱，他有的是钱。我说这不是钱的事儿，他就不乐意了，说我装……还动手打了我。”蛋仔听完，二话不说，红着眼就要冲出去。华颖一把拉住了他：“哎，你去哪？”

“‘夜莺’酒吧！那家伙太嚣张了，我今天要是不灭了丫的，我就再也不吃肉蒸蛋！”蛋仔狠狠地叫着，脖子上青筋暴跳。

大家急忙拉住蛋仔，让他不要冲动。华颖劝道：“你现在去也没用啊，当时酒吧的老板报了警，那个人已经被警察带走了。”

听华颖这么一说，蛋仔才打消了冲过去大闹一通的念头。他怜惜地看着华颖左边有些淤青的脸庞，问：“现在怎么样，还疼吗？”

“本来还疼，只是看见你，现在就不疼了。”华颖的眼眶红了，但依然挂着浅浅的微笑说道。

“呵呵，再来一份儿扬州炒饭就更不疼了。”我把准备好的炒饭端了出来，放在桌子上。

华颖捂住了嘴巴，看着我们，声音忽然有些哽咽：“谢谢……谢谢大家……”

乔公子说：“谢什么，既然在‘深爱食堂’相聚，咱们就是朋友。以后你的事儿，就是大家的事儿。”

老院长接着说道：“大家都是天涯沦落，相逢于此，便是缘分。姑娘，你有什么事，大家都会尽力帮你的。”

就连英姿也对华颖有了改变，走过去爱怜地用手轻抚着华颖受伤的脸庞，“妹子，干得漂亮，咱们女人就得这么有骨气，姐支持你！有钱了不起啊，咱们不在乎。”

“对，有钱怎么着！”蛋仔恨恨地说道，“天生我材必有用，千金难买爷高兴！”

“呵呵。”蛋仔的话说得华颖破涕为笑。

英姿赶紧拉着华颖坐下，说：“来，快吃炒饭吧，再不吃就凉了。”

在那个晚上，华颖在大家的抚慰下，心里的温暖最终抚平了脸上的创伤。

蛋仔试探性地问：“华颖，你的乐队怎么样了？”

“嗯，还在组建中。”

乔公子这时插话问道：“我一直不明白，你为什么要把乐队的名字叫做‘梦骑士’呢？”

“因为这是我的一个梦想。我从小就喜欢唱歌，做乐队是我最终的一个梦，我希望在自己音乐的世界里，能像骑士那样闯荡而无所畏惧。就像面对风车的堂吉诃德，别管世界如何嘲笑他，他都不会放弃自己的希望。”华颖的目光中又流露出了那种熠熠生辉的色彩，我见过很多这样的眼神，这是年轻人在谈到梦想的时候特有的眼神。无论那梦想是崇高的，还是普通的，是伟大的，还是平庸的，都无法阻碍他们心底追求的渴望。每个人的生命都如一株昙花，在漫长的一生中都是安静而平庸的，只有在心底的梦想涌动的那一刻，才是它完全绽放的瞬间。梦想和爱情一样，都是让人痛苦又幸福的东西。这是阿玲曾经告诉我的。

那天晚上，蛋仔虽然怒发冲冠，彻底爷们儿了一回，但他最终还是没有鼓起勇气对华颖表白，也没有说他想辞职加入

“梦骑士”的事情。不过我们都觉得这无所谓，毕竟蛋仔通过自己的行动已经在华颖的心中留下了不错的印象，表白这种事情，是水到渠成的事儿，自然要细水长流。但是，事情最终还是应了那句老话：计划赶不上变化。世界上的很多事情，并不是按照某个人一厢情愿的想法直线发展的，它总是会在你想不到的地方突然拐个弯，让你措手不及。

四

这天晚上，华颖出现得比较早，此刻还不到午夜十二点钟。我感到有些意外。

乔公子惊喜地说道：“今天怎么了这是，这么早，太阳打西边出来了。”

“哈哈，也不能每天都熬那么晚啊，睡眠不足对女人来说可是天敌，那样会老得很快的。是吧，英姿姐。”华颖和英姿亲切地打着招呼，现在这两个人好得像是亲姐妹一样。

“妹子说得没错。那些臭男人不懂得关心我们，我们自己可得照顾好自己。”英姿帮腔道。

“哎哟喂，你俩今天这是唱的哪出啊？”

“歧视男性同胞是不是？老板，你看，咱们男性同胞被歧视了，今晚不做扬州炒饭了。”

乔公子和蛋仔不乐意了，你一言我一语地抗议道。

“哈哈，”我笑道，“我可没觉得自己被歧视，是你们两个对号入座了好不好。你看老院长也没说话呢。”

乔公子和蛋仔看了看我，又看了看老院长，俩人异口同声地从牙缝里挤出了四个字："老奸巨猾。"

"好了好了，我今天来主要不是吃炒饭的，而是来给各位发邀请函的。"华颖从包里拿出几张邀请函，一一递到我们手中。我看了一眼，上面印着"夜莺酒吧迷离之夜·华颖专场演出邀请函"。

"哎哟妈呀。"乔公子看着手里的邀请函，嘴里啧啧有声，"华颖，专场演出啊，你这是要火的节奏啊。"

"火什么啊。"华颖谦虚地笑道，"再专场演出，我也只是一个普通的驻唱歌手罢了。你这句话还是等到我真正出名的那天再说吧。"

蛋仔说："这是哪一天啊，我们一定前去捧场。"

华颖娇嗔地骂了他一句："笨蛋仔，自己不会看日期吗，上面都写着呢，就在明天晚上。"蛋仔被这么一骂，竟然嘿嘿笑了起来，舒服得就像打通了任督二脉。华颖又看向了我："老板，等明天晚上你也要去给我捧场哦。"

我笑道："放心吧，我明天晚上临时停业，也得过去给你捧场。"

夜莺酒吧隔着深爱食堂两条街的距离，不算太远。酒吧设计得很有格调，进去之后，给人一种迷离的颓废感，让人不由自主地沉醉放松下来。我们几个到的时候，华颖的专场演出已经开始了。酒吧里爆满，今天晚上来给华颖捧场的人很多，应该都是喜欢她音乐的听众。华颖站在酒吧舞台的中间，长长的头发如同瀑布一样垂下来，迷离的烟熏妆映衬着她落寞的眼神。

淡蓝色的灯光打在她的身上，仿佛时光之河在她的头发上慢慢流淌。今天晚上，在这里，她是绝对的主角。

华颖唱歌的时候会轻轻闭上双眼，慢慢地摇摆着身体，嘶哑的嗓音哼唱出来的是极具磁性味道的歌曲，那些音符打着转儿地在空中飞翔，不肯停歇。这是我第一次听她唱歌，真的很好听。蛋仔整个人都已经痴了，他坐在那里，手中举着一杯啤酒，愣愣地看着舞台中央的华颖，整个人一动也不动，仿佛被定住了一样。我不禁感慨道，爱情的力量真是世界上最伟大的魔法。

华颖一连唱了七八首歌，将要结束的时候，她来了一段终场告白："感谢各位今天能够抽时间前来捧场，华颖不胜感激。在杭州的这段日子里，幸亏有各位的支持，我才有勇气一步步地走了下来，尤其今天在场的'深爱食堂'的各位，多谢你们，让我在异地他乡找到了家的感觉。今天是我在杭州的最后一次演出，很高兴这段时间与大家的相聚。接下来，这最后的一首歌《每个深夜里》送给各位，尤其是'深爱食堂'的朋友们。再次谢谢你们！"华颖说完，摇了摇瀑布般的长发，开始了歌唱：

每个深夜里，我孤独地走在路上
陌生的城市间，寻找家乡
让我再走一遍
这曾经的道路
那些岁月
成为无法忘却的忧伤

一碗淡淡的扬州炒饭
或许就能找回过往
让我再闻一次，那熟悉的味道
那味道曾经随着青春飘散
随着铁轨呼啸前往远方
随着飞鸟在天空里振翅翱翔
随着梦想一次一次怅惘
我知道
有些事情就像岁月一样回不来
我们能做的
只是奋力前行
在每个深夜里，疲惫跋涉的时候
能有一碗扬州炒饭
陪着我
我知道
梦想也许终究不能实现
但是我却不能停止
我知道
这个世界有太多的遗憾
不过不要紧
我们努力过
纵使身在他乡
也还有一碗扬州炒饭
陪着我……

蛋仔的两只眼睛都快哭成桃子了。我还不知道他是这么一个多愁善感的人物。从华颖结束专场演出来到深爱食堂，他的眼泪就没停止过。

我问华颖：“真的要走吗？”

“嗯，这是我最后一晚上在杭州演出了。广东有一家唱片公司给我发来了合约，我要去那里实现我的梦想。”

我叹了口气：“你走了，会有人无限伤心的。”

华颖转过身去，轻轻拍着蛋仔的背，安慰道：“蛋仔，别伤心了，我以后会经常过来看你的。”

蛋仔哭得上气不接下气，抽噎着问：“什么……时候的……火车？”

华颖说：“凌晨五点，还有四个小时。”

蛋仔哭着说：“我去车站……送你。”

华颖哄完了哭泣不止的蛋仔，又对我说：“老板，再给我做一份儿扬州炒饭吧。我害怕以后再也没有机会吃到这么正宗的家乡炒饭了。”

我放油，下料，翻炒，起锅，炒饭在火候的操控下逐渐香味四溢，飘满了整个食堂。

华颖坐下来，拿着筷子吃了第一口炒饭，眼泪就扑簌簌地落了下来。

我明白这个坚强的姑娘的眼泪为何而流，一个为了追逐梦想而背井离乡的人，在瞬间尝到家乡的味道时，会被那些来自久远的回忆所打败。

华颖临别时，对我说：“老板，谢谢你，如果没有你的扬州炒饭，我不知道能不能在杭州坚持到今天。”

我笑道：“民以食为天，你到了广东，依然还会吃到正宗的扬州炒饭，放心吧。华颖，期待你梦想成真的那一天。”

华颖告别我们之后，蛋仔送她去了火车站。

乔公子看着俩人在黑夜里逐渐消失的背影，感慨道：“没想到蛋仔竟然是这么一个深情的人，看来我以前都错看他了。”

老院长也感叹道：“男儿有泪不轻弹，只是未到伤心处。”

英姿什么也没说，眼眶却红红的，她正为与华颖的分别而感到伤感。

我泡了一壶茶，听到墙上的挂钟“当当”敲了几下。又是新的一天开始了。

华颖离开之后，蛋仔消沉了很长一段时间。差不多半个月后，蛋仔才渐渐地缓过劲儿来，又变回那个有说有笑大大咧咧的蛋仔。

英姿曾戏问他：“蛋仔，你那么喜欢华颖，她离开杭州的时候，你怎么不挽留她呢？”

“哼，你懂什么，”蛋仔回答她的语气相当的不屑，“给予对方追求梦想的自由，这才是真正的爱情。爱情的精髓不是占有，而是牺牲。”

“哇靠！”英姿双眼放光地说，“蛋仔你竟然能说出这么深刻的话来，你有没有发现自己好有型啊！”

“那是！”蛋仔得意地甩了甩自己的头发，“哥早晚有一天是要拿金马影帝的男人！”

深爱食堂渐渐地恢复了往日的平静，众人在万丈红尘中拼搏着各自的梦想。三个多月后的一天，快递员将一个包裹送到了深爱食堂，是从广东发来的，里面是一张包装精美的碟片，上面赫然印着“梦骑士”的名字。

扬州炒饭

原料

主料：虾仁，白米饭一大碗，葱花，鸡蛋两个，火腿或腊肠，熟豌豆，甜玉米粒，胡萝卜

辅料：盐，植物油，玉米淀粉，香油

做法

1. 虾仁用盐、玉米淀粉、植物油调匀，腌十分钟。将火腿、胡萝卜切细丁，香葱切碎，鸡蛋打散成蛋液，准备好玉米粒及熟豌豆。米饭放一小匙油，将米饭拌匀，搅成松散的状态备用。
2. 锅内烧开水，放入胡萝卜丁、玉米粒、豌豆、火腿丁，汆烫一分钟，捞起沥净水分。
3. 锅烧热，放入两大匙油烧至八成热，放入虾仁，翻炒至虾仁变为白色即可，捞起备用。
4. 将锅内的油倒出，洗净锅再烧热，倒入色拉油，顺着锅转一圈，让锅四周都粘到油。将油烧至八成热时，倒入打散的蛋液，迅速将蛋液炒散。
5. 加入米饭及汆烫好的蔬菜、火腿等，加入所有的调味料，用中火不停地翻炒。
6. 加入炒好的虾仁，再翻炒数下，撒葱花，淋上少许香油即可。

每个人都是有感情的，而人与人之间的感情也是这世间最微妙的东西。也许，所有的感情都是易碎的，只是，有些破碎的感情能修补好，而另外一些，就像满地的碎玻璃，再也无法聚拢。

一

娇嫩的南豆腐块儿摆在案板上，一分钟以前，它刚刚被我切割得整整齐齐。我把豆腐放到盘子里备用，然后再切葱姜、青蒜末、肉末，每一道菜都需要齐全的食材才能做出最好的味道。

锅里的油已经开始冒烟，我把葱姜蒜花椒粒放进去爆香，又把肉末煸炒，再把豆瓣酱、辣椒面炒出红油，放进豆腐里。我喜欢做菜的过程，我相信每一个喜欢美食的人也都会喜欢这一过程，比如此刻正在厨房外等着麻婆豆腐出锅的两位“奇葩”。豆腐和花椒粒在咕嘟嘟的红油中晃动，我把豆腐出锅装盘，撒上青蒜末。

厨房外，乔公子和英姿已经做好了开饭的全部准备：乔公子左手拿勺，英姿右手举筷，就等饭菜上桌。说他们是两朵“奇葩”是有原因的：乔公子外表是一副堂堂七尺男儿的相貌，职业却是一位女性内衣设计师，偶尔还会有翘起兰花指的动作；英姿温柔美丽，是电视台的主持人，为人却有几分汉子气概。更令人跌破眼镜的是，这俩人居然是好得不能再好的朋友，这种朋友已经跨越了性别的界限。哦，对了，用英姿的话来说，他俩这叫“闺蜜”，对，是一男一女组成的“闺蜜”。

“麻婆豆腐来啦。”我把麻婆豆腐端上桌。乔公子配的是米饭，英姿配的是干拌面。美食面前，很少有人能抵挡得住诱惑，两人在吃饭的瞬间都不再顾及自己的形象。

以前，英姿总是陪男朋友来吃麻婆豆腐，两人总喜欢要一大份儿，在一个盘子里分享，以示恩爱，那幸福的模样真是羡煞旁人。那时英姿小鸟依人的样子也确实让人心动。后来他们分手了，确切地说是英姿的男朋友劈腿英姿的闺蜜，英姿同一时间失去了爱人和朋友两份感情。从此，麻婆豆腐也只能一个人吃。再后来，英姿发现了同样喜欢吃麻婆豆腐的乔公子，于是，乔公子顶替了男朋友——吃麻婆豆腐的空缺，而乔公子和英姿的感情也急速升温，成了好闺蜜。现在的英姿，有了一个男性闺蜜，我们喜欢简称为“男闺蜜”——男友的表象，闺蜜的心。

麻婆豆腐很快吃完了，英姿心满意足地靠在椅子上轻抚着肚子：“好饱啊。”

乔公子抬起眼皮看了一眼半躺在椅子上的英姿：“你能淑女一点儿吗？一点儿女人味都没有。”

英姿斜着眼睛看了看端坐的乔公子：“你倒是很淑女嘛。”

“人家只是很注意在公共场合的形象。”乔公子把旁边的饮料瓶一个个按高低顺序排好。

英姿鄙视地看了一眼，低声嘟囔着:“强迫症。”

“他是怕躺下弄皱了衣服。”蛋仔一语道破真相。

“哈哈……”食堂里的人都笑起来。

“哎，我说乔大公子，”英姿瞅着乔公子用过的碗皱起了眉头，“我实在是不得不说你了。这儿的碗够干净了，能把周围那圈吃干净吗?”英姿用手指了指桌子上的碗。乔公子有个习惯，吃饭的时候只吃中间部分，吃完饭，周边一圈的饭自然而然地形成一个圆筒形。

“不能。埋在底下的饭比外面一圈软，我胃不好，喜欢吃软饭。”乔公子看着摆好的饮料瓶，心满意足地拍拍手，仿佛大家的评论早就对他失去了治疗的意义。

“长得就像个吃软饭的。”英姿给了乔公子一个大大的白眼，视线最终定格在墙上的一只桃花碗上。其实，那是一只再普通不过的碗。前一段时间，几位单身的女客人用它吃饭后都奇迹般地坠入爱河，所以大家开始觉得这只碗有魔力，并称它为“桃花碗”。渐渐地，很多来食堂吃饭的女士们竟然开始预约使用这只有魔力的碗。于是，英姿也偷偷地做了预约，再过四天，就轮到她了。如此看来，这彪悍的外表下也有一颗柔软的心。也许，她要的只是一个心理安慰，给自己多一点期许吧，毕竟把对爱情的希望寄托在任何外在事物上都是不靠谱的。

“哎哟，你一个女汉子还惦记着桃花碗啊，我看还是算了，这碗只对女生起作用。”乔公子顺着英姿的目光看了过去。

“谁惦记它了?”英姿赶紧把目光收回来，红着脸分辨道，

“我在想方案呢，像我这样的人根本不需要它。我连信都不信。”英姿心虚地瞅了瞅我。我笑笑，没有说话。

“嗯，我也不信。我不信——你不信。”乔公子说。论耍嘴皮子，英姿自然要低一筹。

“你爱信不信，反正我不信。”

门“当”一声开了，一个高高大大的男生走了进来，大家都不再说话了。

英姿回头看了一眼，又转回头望着面前桌子上装着吃剩的麻婆豆腐的盘子，不再说话。进来的男生就是英姿的前男友。

前男友没有和其他人打招呼，径直走到英姿面前。“没想到这么久了，你还喜欢吃麻婆豆腐。”前男友深情款款地说。

乔公子故意不满地“哼”了一声，“人家随便吃吃而已，你还当真。”

前男友看了一眼坐在英姿对面的乔公子，说：“英姿，你能不能过来一下，我有话要对你单独说。”前男友犹豫了一下，走到了店门口的位置，等待着英姿。

英姿看了看他，站起身，接过乔公子递过来的纸巾，擦擦嘴跟着走出门外。

我坐在吧台后面，本无心倾听，但两人的对话还是隐隐约约地传到了我的耳朵里。

“英姿，我们分手后，我一直过得不好。我每时每刻都在想着你，你最近过得好吗？”

“一般吧。”英姿有气无力地说，“失眠是家常便饭，你看我这黑眼圈，都不用画眼妆了。行了，你说吧，这次借多少？”她的语气很沉着，貌似对这种事情已经习惯了。

“也不多，这个数吧。”前男友有些不好意思地说。他没有说具体的数字，应该是用手比划了一个数目。

“五千？”英姿问道。

“嗯，我前段时间贷款买了辆车……”

“行了，我一会儿回去网上转给你。”

“啊，真的？太谢谢你了，我一定尽快还给你。”听他的声音，就知道他已经喜形于色了。

“不用还了，就当我送给你和小惠的礼金吧。”

“那到时候我给你送请柬。”

“留着送给别人吧，你送了我也不去。”

“好吧……”

两人结束了对话，英姿回到食堂。大家都装作什么事都没有发生一样，继续吃饭聊天。

英姿坐在自己的位子上，我看到她眼里含着眼泪。我无法描述英姿现在的心情。一段感情，说放下哪能那么容易，更何况对方是一个已经和自己谈婚论嫁的人。爱得越深，伤得越重。

“老板，你说这桃花碗有多灵啊，看一眼就能招来这么大一坨烂——桃花！”乔公子指着桃花碗，故意把“烂”字的音拖得长长的，用阴阳怪气的语气说。我给自己倒了杯茶，等着英姿和乔公子的唇枪舌剑。“那要是用一次，你这里还不得成了烂——桃花岛啊！你说呢，蓉妹妹？”没有得到回应的乔公子继续进攻着。

“我乐意，要你管啊！”英姿终于应战了，瞪起杏眼，火药味霎时间弥漫开来。

“你以为我想管啊？”乔公子也瞪起眼睛说，“我是怕他把你的钱骗光了，将来你没钱跟我一起吃麻婆豆腐！丑话说在前面，到那时，我可不请你！”

“我还不指望你画件内衣就画成土豪呢。我怕到时候你设计的内衣没人买，你还要来找我要饭吃呢！”英姿气鼓鼓地说，“不理你了，我要回家睡美容觉了。”

“切，你就是一个标准的女汉子，睡什么美容觉！”乔公子小声地嘟囔着。

二

“快，大家都来出出主意！”乔公子旋风般地冲进了食堂。

“怎么了？”我停下手中的活看着他。就像乔公子自己说的那样，他是一个在公共场合很注意仪表的人，很少有事能让他像现在这样“花容失色”。

“什么事？你倒是快说啊。”蛋仔是个急脾气。

“你们知道我昨天看见什么了吗？”乔公子还在卖着关子。

“你不说我们走了啊。”蛋仔拉着老院长做出要走的架势。

“好啦，好啦，我说。”乔公子终于步入正题，“昨晚一个模特约我去谈生意，地点在一个夜店……就是乌烟瘴气、音乐震天的那种……”

“说正题！”蛋仔打断了乔公子。

“好啦，人家真的要说正事了。给你们说啊，我往里走的时候，经过一个包厢，包厢的门开着，一个已经喝得烂醉的男人搂着一个姑娘靠在沙发上，还把百元大钞撒向空中让姑娘去抢。你们知道这个男的是谁吗？”大家摇摇头，表示不知道。“这个男的就是英姿的前男友！前几天还向她借过钱的！”

“真的假的啊？”

“真的，千真万确啊！”对于大家的疑问，乔公子急了，连忙发誓，“我双眼瞧得真真的，绝对没错啊！要不是他，就让我……让我一辈子画不出来好内衣！”

蛋仔问：“那你揍他了吗？”

“我像是那么没素质的人吗？”乔公子对蛋仔的问题不屑一顾。随即他又瞧了瞧大家，问道：“你们说，我要不要告诉英姿这个消息呢？”

大家面面相觑，都不敢轻易地下结论。男友劈腿闺蜜，这已经是最痛苦的事了，要是告诉她前男友在骗她的钱是不是有些太过残忍？

老院长沉吟了一会儿，仿佛在心里下了某种决定：“有些女生喜欢活在自己的假设里，不去破坏她们的想象，让她们保持对世界的美好想象，一些善意的隐瞒也无所谓。但是如果是聪明的女人，比如英姿，也许会更希望我们早点告诉她真相，即便真相是残忍的，也比欺骗要好。你们觉得呢？”毕竟是年长，见惯了世间的分分合合，对身边的人也有准确的定位。末了，老院长意味深长地说：“英姿不能再受欺骗了！”

“快，快散开，英姿来了！”蛋仔喊了一声。大家轰然而散，装作各自在吃自己面前的饭。

英姿走进来，猛然发觉气氛有些不对。她皱了皱眉：“你们……是不是在瞒着我商量什么大事？”

我暗道，老院长说得果然没错，英姿的确是个聪明的姑娘。面对英姿的质问，大家都只是摇头。

英姿扫视了一圈，最后把目光看向了我，“老板，我知道你是好人，从来都不会撒谎。你来告诉我吧，刚才你们在商量什么？”

“今天还是麻婆豆腐吧。”我明知故问。既然是乔公子亲眼所见，还是由乔公子告诉她比较合适。

看到大家都不愿意说出实情，英姿虽然无奈，却也只能作罢。

第二天晚上，大家好像都已经把这件事抛到了脑后。我给他们端上饭菜的时候，乔公子正兴致勃勃地讲着自己最新的设计：“你们知道为什么这款要叫‘悦己’吗？”他最近设计了一款叫做“悦己”的女士系列内衣，得到了领导的表扬，便忍不住到处显摆起来。英姿聚精会神地听着，作为一个购物频道的主持人，只有了解产品，才能更好地向观众介绍产品。这是英姿经常挂在嘴边的一句话，就连吃饭的时候她都没有忘记自己的工作，真是一个标准的女强人。“内衣大部分时间都是给自己看的，比起给爱的人看，关注自己更加重要。所谓‘女为悦己者容’，内衣更应当体现这种理念。悦己，就是这款内衣的主题。”

“好！”英姿鼓掌，“不错，相当不错啊。”工作方面，两人达成了共识，原来斗嘴的架势也随之烟消云散。

“他俩不吵架还真有点儿不习惯呢。”老院长开玩笑地说。

“那是因为菜还没上来，不信你看着点儿，一会儿就变脸。”蛋仔和老院长打着赌。

我暗笑，蛋仔这小子，真是一肚子坏水。接着，便拖长声音叫道：“来啦，麻婆豆腐来啦。”

“开饭啦！”乔公子停止了自己的演讲，抓起筷子伸向桃花碗里的麻婆豆腐。

“哎，等等。”英姿用自己的筷子夹住乔公子的筷子，慢慢地把它移到碗外。

“陈英姿，你要干吗？”乔公子怒问道。

“我这是为你好，这可是桃花碗啊，我怕你会招来‘烂’——桃花。”英姿模仿着乔公子的语气说，“这种事情还是放着我来承受吧！为朋友两肋插刀，我在所不惜！”英姿把桃花碗拖到自己面前，幸灾乐祸地看着乔公子，还不忘抢白上一句：“不用客气哈。”

看着英姿大口地吃着麻婆豆腐，乔公子怒了，他“哼”了一声，放下筷子说：“本来还想等你吃完饭再告诉你这个惊天大秘密呢，为了惩罚你，我决定现在就告诉你……”

“当”，食堂的门被很用力地推开了，生生地打断了乔公子的下半句话。大家抬头看去，英姿以前的闺蜜，同时也是她前男友劈腿的对象——小惠，气势汹汹地闯了进来。

小惠径直走向英姿，毫无预兆地将英姿面前的水杯里的水泼在英姿的脸上。当然，也溅湿了乔公子一向很看重的衣服。接着，小惠愤愤地骂道：“陈英姿！你怎么不去死！”

大家被小惠突如其来的举动搞蒙了。我这人最见不得女人打架，看她们打架，我心里比她们还急得慌。于是，赶忙从吧台里绕出来，和食堂里其他人一同劝架。

“你没吃药吧，跑到这里发疯！”乔公子横在两人中间，同时挡住了英姿。乔公子身高一米八多，小惠穿着高跟鞋也只有一米七，十几公分的差距让大家觉得英姿有了“盾牌”。

“小惠，你这是怎么了？”英姿推开乔公子，很无辜地看着小惠问道。

“别装了，你勾引刘磊的时候就应该料到会有今天吧？”

“你在说什么啊？”英姿也急了。

“不要骗我了！我看过刘磊手机了，上面全是给你打的电话！陈英姿，我和刘磊马上就要结婚了，你还不死心啊？他最近很晚回家是不是都跟你在一起？小三！你就是个小三！”小惠越说越激动，连哭带骂地去抓英姿。

英姿闭上了眼睛，皱起了眉头。

“干什么！要动手啊！”乔公子一把抓住了小惠的胳膊，“谁是小三？当初他们俩在一起的时候，是你横插一脚，你还好意思跑这来撒泼。我告诉你，你才是小三！”

“不被爱的那个才是小三！你懂吗！”小惠跺脚喊道。

英姿咬紧嘴唇，咽下了要流出来的眼泪。

“爱？你还好意思在这里说爱？”乔公子嘲笑着说，“你懂什么叫爱吗？爱是相互的，不是一厢情愿。假如说你现在对他的感情叫爱的话，那我跟朱莉之间还是爱呢！我跟皮特之间还是爱呢！他对你是什么态度你心知肚明。他把你搞到手之后就冷落你，他根本就不爱你，只是你自己心不甘情不愿罢了，你现在没地方撒气了吧？特别憋屈吧？看到以前的好朋友脱离苦海过得比你滋润，你特别嫉妒吧？那怨得了谁呢！还不是怪你自己！种瓜得瓜种豆得豆，自己找了一个奇葩，你就等着受一辈子气吧！"

乔公子斗嘴的技术果然一流，小惠一时被堵得说不出话来。她哽咽半天，争辩道："你胡说！他根本不是你说的那样，他是爱我的。"

"他爱你？别逗了。你大概是没见过他在夜店是怎么抱着姑娘逍遥快活的吧！他散钱让姑娘抢的时候，你还在家给他洗臭袜子吧？这也能叫爱？"乔公子幸灾乐祸地说。接着他转过身，看着坐在位子上发呆的英姿，说："昨天晚上我去夜店时看见的，本来想吃完饭告诉你，他找你借钱不是还车贷。"

一旁原本哭泣的小惠这时候突然失心疯一般地笑了："陈英姿，真有你的啊？你借钱给他？原来他是来跟你借钱的，哈哈！贷款买车？笑话，车是我爸全款买的。陈英姿，我谢谢你啊，你可真够大方的！哈哈哈！"

"把这个大骗子从英姿身边带走，英姿应该谢谢你！你自己留着好好调教吧。哦，对了，你现在去没准还能抓住原形啊，机不可失！"乔公子犀利地回击小惠。

乔公子的话点醒了疯狂的小惠，她冲出食堂，奔向乔公子说的夜店。

我倒了杯茶端给英姿。她还低着头，眼泪已经打湿了衣襟。蛋仔和老院长回到自己的位子上继续吃饭，却始终留意观察着这边的动静。大家在深爱食堂待了这么久，每晚的夜宵更像是一场聚会，以吃饭的名义把大家聚集在一起，聊着天，寻找着或多或少的温暖。此刻的英姿在大家心里就像是一个受伤的小朋友，明知劝慰是徒劳的，却更加不能放弃。

“你没事吧？”乔公子递过去一张纸巾，小心翼翼地问道。

“你为什么不提前告诉我？”英姿没有接纸巾，而是一字一句地问道，仿佛每一个字都积压了她的愤怒和失望。

乔公子尴尬地举着纸巾，说：“我本来昨天晚上就要给你打电话，但是我不知道怎么跟你说……”乔公子的解释在英姿的愤怒面前显得有些苍白无力。

“我最讨厌别人骗我！”英姿站起来，狠狠地说。

“英姿，你听我解释……”乔公子站起来拉住英姿的胳膊。

“放手！”英姿甩开乔公子的手。乔公子的手落下时无意间碰到了桌子上的桃花碗，“当”的一声，桃花碗摔到了地上，碎了。

英姿的眼泪在瞬间又涌了出来。她没再说一句话，转身离开。乔公子盯着一地碎片，一时间没了主意。

三

英姿已经好几天没来食堂吃饭了。乔公子倒是每天都来，但是听不见两个人的斗嘴总觉得少了点儿什么。也许，这就是习惯的力量吧。习惯了有个人每天都在耳边唠叨；习惯了每天两个人吃一份儿麻婆豆腐；习惯了吃完饭后斗斗嘴，相互嘲讽。

这些都已经成为生活的一部分，一旦消失总会觉得仿佛少了很多东西。

“英姿没事吧？”蛋仔忍不住问了一句。

“我怎么知道，她又没告诉我。”乔公子语气中夹杂着不满。是因为蛋仔问了一个不合时宜的问题，还是在恼怒英姿没有给大家报平安？我无从知晓答案，也许乔公子自己也不清楚。

“你的手指怎么了？”老院长一边喝着酒一边问道。乔公子的食指缠了厚厚一圈纱布，与他整体的气质有些出入，所以特别明显。

“没事，画图的时候不小心弄破的。”乔公子心虚地看看我。我没有说话。那晚英姿负气离开后，乔公子也走了，一个小时后我收到乔公子的短信，内容只有六个字：碎片给我留着。我依他所说将碎片包好，留在吧台。第二天一早乔公子来食堂拿走了桃花碗的碎片，他说，他要用设计师灵巧的手把桃花碗恢复到原来的样子。看来，桃花碗的复原工作进展得并不十分顺利。

“英姿应该是还在生气，你买个礼物哄哄她不就是了。别看她外表挺强硬，内心也希望有人疼吧？”老院长建议说。

“我不去，又不是我的错，为什么要我去哄她啊。”乔公子不情愿地说。

“拿出点大丈夫的气概来嘛，别计较这些。”

乔公子低着头，不知道有没有把老院长的话听进去。蛋仔也没了声音，一时间只听见电视机里传出的声音：这款内衣是领衔设计师乔公子刚刚推出的悦己系列……大家抬头看去，屏幕里，英姿正主持着节目，所售产品正是乔公子设计的“悦己”系列内衣。

心里受伤的时候，有的人喜欢给最亲近的人打电话，求安慰也好，向人哭诉求倾听也好，哭完说完，心里都会好过许多，这种做法比较符合小女生的性情，哭个鼻子，撒个娇，而已；但是有些人，比如聪明的女强人，受了伤往往会一个人躲在角落里偷偷地哭泣，在没有人的时候把委屈哭出来，然后把眼泪擦干，她们不会轻易让别人发现自己的软肋，一旦她们消失了，肯定是找个地方自己给自己舔伤口去了，等到她们再重新出现的那一天，心里的创伤已经基本愈合。事实证明，英姿是属于介于这两类女生之间的、为数不多的一类。

一个星期后的一天，英姿出现在深爱食堂。

“来了？”我将一杯茶水推到英姿面前。

“嗯。”英姿确实不是女强人，受过的伤还没有痊愈，“老板，我想吃麻婆豆腐。”

“好，稍等。”麻婆豆腐很好做，况且英姿一个人，量也少。

“慢慢吃。”我把做好的麻婆豆腐端到英姿面前。

“老板，这个……”英姿低头看着眼前一模一样的桃花碗。

“我找到了做这只碗的师傅，师傅手艺高超，又把碗补好了。你仔细看看，是不是看不出修补的痕迹？”

“可是，摔过的桃花碗是不是就不灵了？”英姿问这个问题的时候，表情很单纯。

“修修补补原本就是生活里面再寻常不过的事情，也只有在修补的时候，对它的纹理脉络才能看得更清晰。”我把洗过的碗筷放进消毒柜消毒。英姿还在看着那只碗发愣。“一起携手走过几十年风雨的老夫老妻，他们的婚姻生活也不知道碎裂过多少回，又重新黏合修补过多少回。爱情、亲情、友情，都是这样吧。”我续了杯茶水端给愣愣的英姿，“还有啊，这只桃花碗只给有缘的人带来相遇的机会，怎么把握住机会，创造奇迹，还是人们自己呀。”

我说的是真的，这种所谓的“桃花碗”到处都有卖的，这只就是乔公子从网上买来放在食堂里的。他听从了老院长当时的劝告：有些女生喜欢活在自己的假设里，不去破坏她们的想象，让她们保持对世界的美好想象，一些善意的隐瞒也无所谓。这也是我们之间达成的共识。

四

乔公子不知道什么时候迷上了看电视购物节目，在食堂吃饭的时候经常瞅着电视购物频道发愣。

“你是看英姿呢，还是看你自己设计的内衣呢？”蛋仔调侃地问道。乔公子白了蛋仔一眼没有回答。

门“吱呀”一声开了，英姿走了进来。大家像什么都没有发生一样打着招呼，仿佛那晚的事情从没发生过，英姿也从没消失过。其实，在他人心里的伤刚刚愈合的时候，不去触碰，就是最好的保护，所谓的安慰只不过是把别人刚刚合好的伤口重新一点点撕开。

看见乔公子在，英姿故意找了个离他很远的位子坐下。乔公子也装作没看见英姿的样子，专心致志地看节目中自己设计的内衣。

“你们俩有多大的事啊，这么久不在一起吃饭，至于吗?”老院长说。

“老板，一份儿麻婆豆腐，谢谢。”乔公子没有回答老院长，转身向我点餐。

“麻婆豆腐，老板。”英姿也点了同样的菜。

我走进厨房。“哎呀，真不巧，就剩一块儿豆腐了。”我冲他俩喊道。

“给他（她）吧。”两人互相谦让，几乎同时脱口而出。

“我换别的菜。”乔公子说。

“给他吧，我今天不是特别想吃。”英姿也在相让。

“哎呀，你俩真是的，好像彼此很陌生一样。老规矩，做一份儿，你俩一块儿吃。”我擅自做主说道。听了我的话，两人都不再争辩。

“老板，有麻婆豆腐吗?”门开了，一个客人走了进来。

“有，这就给您做。”我回答道。

英姿和乔公子抬起头，看了看我，又互相看看。忽然，英姿“扑哧”一声笑了，“老板，你撒谎了哦。”

我愣了一下，随即也笑了。当然，我知道自己已经露了馅，但是这个谎言是值得的。

乔公子开始变回原形，扭扭捏捏地往英姿旁边移动。英姿沉默了片刻，突然一把将乔公子拽了过去：“来，给姐笑一个!”

爱的方式有很多种，亲情、爱情、友情是三种最普遍、最常见的情感，而乔公子和英姿这种“闺蜜”模式，应该也算是一种吧。凡是感情，都是易碎的，就像那只桃花碗。但真正的感情，总是经过千锤百炼才形成的，在这种事情上，不怕万人阻挡，只怕自己投降。

麻婆豆腐

原料 主料：豆腐，牛肉末，郫县豆瓣酱
辅料：水淀粉，酱油，辣椒末，姜末，花椒粉，盐，酱油，糖

做法
1. 锅内加少许油，大火加热，油热后依次加入豆瓣酱、盐、干红辣椒、姜末、花椒粉、牛肉末，也可将牛肉末用上述调料腌好后一并加入，炒香。
2. 加入豆腐。添开水，改小火，煮沸。
3. 待豆腐熟后，改大火，加入由水淀粉、糖、酒、味精、酱油调好的芡汁。
4. 待芡汁均匀附着后，收汁关火，起锅。

最后的大佬

有人的地方就有江湖，有江湖的地方就有恩怨。其实只要活着，我们就置身于江湖中，无人可以自拔。只是这江湖，并不全是灰色，它也有流光溢彩的一面。

一

龙三进来的时候，我还以为他是收保护费的。他大约四五十岁的样子，额头上的一道伤疤看上去应该有段历史了。深夜里，他穿着一身黑色装束，戴着一副墨镜，微胖的身材看起来不怒自威。在龙三刚走进来的时候，我明显地看到乔公子和蛋仔哆嗦了一下子。

“你好，要点些什么？”我从吧台后面站起来，问道。

他环视一圈，摘下了墨镜，看着我，声音低沉地说：“会做西湖牛肉羹吗？”

我点点头。这属于典型的杭州菜，我当然会做。

“给我来一份儿。”说完，龙三挑了个位子坐下了，把外套脱下来搭在椅子后面。一条青龙的文身从他肩膀处露了出来，探着脑袋，仿佛是要择人而噬。原本有些热闹的深爱食堂，因为龙三的到来安静了不少。

我在厨房里，备好了西湖牛肉羹的料。待水开了之后，依次加入牛肉粒、豆腐丁、香菇丁，小火焖煮，两分钟左右，加入盐调味。接下来的步骤是将水淀粉搅匀，倒入汤中至稍浓稠时，用中火加入蛋清，同时加以搅拌。最后加入胡椒粉、鸡精、香菜段、香油。这样一份儿香浓四溢的西湖牛肉羹就出锅了。

我把牛肉羹端过去，问："只要一份儿牛肉羹吗？"

"对。"他点点头，"足够了。"龙三很安静地喝完西湖牛肉羹，擦了擦嘴，走到吧台前对我说，"老板，你的羹做得不错。"

"谢谢。"我客气地答道。

"不过，我今天身上没带钱，可以先欠着吗？"他很平静地说。

"不好意思，小本生意，概不赊账。"

"这样啊。"他踌躇了一会儿，解下了戴着的腕表放到了吧台上，"我先把这块'西铁城'押在你这里，可以吧？"

"这个，是不是也太贵重了点？"我迟疑道。

"没关系，只是一块机械表而已。"他轻轻地把表放在吧台上，转身出了门。

我把玩着这款老式的西铁城机械表。这块表和他主人额头上的那道疤痕一样，看上去都有些年头了，微微泛着岁月的尘埃。翻过来，看到在表的后盖上刻着一个浅浅的"薇"字。

"你怎么能收他的表呢？"蛋仔神秘兮兮地凑过来，"你知不知道他是谁啊？"

"不知道，是谁啊？"

"我也不知道，"蛋仔摇摇头，"反正看样子就不像什么好人。你没看过电影吗，那些混黑社会的人都这身打扮。”

“中国没有黑社会。”我一本正经地纠正道，“只有黑社会性质的恶势力团伙。”

“那还不是一个单位吗？”

“当然有区别。”

正在我跟蛋仔争论不休的时候，老院长忽然凑了上来，淡淡地说了一句：“龙三。”

“谁？”蛋仔扭过头看着他。

“我说刚才那个把表放在这里的男人，叫龙三。”老院长抽出一根烟，点上，慢慢地抽了起来，“老板说得对。十年前，龙三进去的时候，罪名就是组建‘具有黑社会性质的恶势力团伙’。当年，龙三在这方圆几十里鲜衣怒马呼风唤雨的时候，蛋仔，你初中还没毕业呢。”

“啊！”蛋仔听得瞠目结舌，“这么说，刚才那个家伙，果然是混黑道的？”

“十年前是。至于现在嘛……”老院长迟疑了一下，“那就不好说了。”

“我就说吧，老板，这种人的东西怎么能随便就收下呢！”蛋仔有些急了，“光看那家伙的长相就知道不是善茬了。你现在收下了他的表，他指不定会搞出什么幺蛾子呢。”

“能搞什么幺蛾子？”我摩挲着这块手感十分特殊的手表，说，“这表是他主动押在这里的，又不是我要求的。再说了，吃饭给钱，天经地义，黑社会也不能不要脸吧？”

第二天晚上，龙三又来了。依旧是一身黑的装扮，坚持在大晚上戴一副墨镜。这让我想起了王家卫在大学里做演讲的时候，有学生问他为什么一直戴着墨镜，王家卫说："作为一个导演，你一定要学会坚持。"我不知道龙三有没有看过王家卫导演的电影，但就从他坚持戴墨镜这一点上来看，他的气质还停留在"古典黑帮"阶段。看来十年的牢狱生涯，已经让他脱离了这个时代。"古典黑帮"已经是只有在老电影里才能看到的东西了，现在流行的是洗剪吹、COSPLAY、贵族杀马特，以及成群结队从大街上呼啸而过的娘炮们，这才是社会的主流。而龙三还像个封建卫道士一样，坚持着他的信仰，虽然已经过时，但那份沉淀下来的既深厚又凶猛的气质还是让人不敢小觑。他就像一只绝迹已久又重新出现的剑齿虎，漫步在到处都是鬣狗和狐狸的新生代森林中。

"老板，来一份儿西湖牛肉羹。"龙三面无表情地说。

"好的。请坐，马上就来。"我觉得有些好笑，本来刚才还热热闹闹的食堂，因为龙三的到来瞬间变得鸦雀无声。

英姿第一次见到龙三，忍不住问道："那是谁……"话还没说完，乔公子急忙堵住了英姿的嘴巴，朝着她做了一个噤声的动作。英姿绝对是标准的女汉子，她接下来的举动出乎了所有人的意料。英姿一把甩开乔公子的手臂，"霍"一下站了起来，大声吼道："怎么啦，还不让人说话啦！天王老子也没这样的权力啊！"

她这么一吼，吓得乔公子和蛋仔大惊失色，急忙回头去看龙三的反应。

龙三斜着头看了英姿一眼，然后站了起来，慢慢朝她走了过去。一股强大的压迫感瞬间在食堂里弥漫开来，我暗道一声糟糕，紧紧地攥住了吧台下面的一把餐刀。龙三走到英姿面前，沉默了片刻，然后伸出了手，说：“你好，初次见面，我叫龙三。”

“呃。”英姿一时有些懵，迟疑了一下，跟他轻轻握了握手，“陈英姿。”

“以后请多关照。”龙三很有礼貌地点了点头，然后又坐了回去，默默地等待着他的西湖牛肉羹。我感觉食堂里所有的人都长舒了一口气，还好有惊无险。

龙三把西湖牛肉羹喝完，沉默了片刻，又抬起头说：“老板，再来一份儿吧。”

我感到很意外，一般没有人会连着喝两份儿汤的，除非他对这道西湖牛肉羹有着一种特殊的感情。不管怎么说，顾客就是上帝，既然客人要求，我只能照做。

龙三连喝了两份儿牛肉羹，才满足地站起来。冷酷的脸上荡过一丝微微的笑意，“老板，你做的西湖牛肉羹很地道，让人有一种怀念的味道。或许……”他摇了摇头，自嘲地说，“也是我在里面待的时间太长了吧，有十年没有接触到这种味道了。”

看来他并没有把自己坐牢的事当作一种忌讳，我试探地问道：“在里面，喝不到牛肉羹吗？”

“呵呵。”他竟然笑了起来，额头上的那道疤也显得没那么狰狞了，“老板，你以为在里面是度假的吗？你也太小看劳动改造的力量了。”听到他这么幽默的回答，我也笑了起来。“那块表，”他顿了顿说，“还是先放在你这里吧。我今天身上也没带钱。请你务必要收好它，等过段时间，我会赎回来的。”这不像是一个赊账之人的语气，更像是一个远行之人临出发前的嘱托。这个冷酷沉静的男人，此刻目光中有某种温和的东西在缓缓流动。我想到了那块表盖后面的“薇”字，对龙三而言，这绝不仅仅是一块表那么简单。

我说：“我会把它放好的。等你来赎的时候，一定完璧归赵。”

他笑了笑，转身出了食堂，很快消失在夜幕中。不知道为什么，那晚龙三的身影显得有些决绝。

英姿一脸花痴状地看着龙三远去的方向，久久地回不过神来。

“英姿，你没事吧？”蛋仔在她面前摆了摆手。

“真的好有男人味啊！”英姿喃喃地说。

二

夜幕开始降临。我坐在吧台后面，拿着龙三的手表，百无聊赖地把玩着。摩挲着表身因为时光久远而粗糙的划痕，竟然有一种很舒服的手感，仿佛一块被人把玩了许久的古玉，滑腻而又温润。

门忽然开了，一个二十多岁的女孩走了进来，有些小心翼翼的样子。我站起来说：“不好意思啊，现在还不到营业时间。”

“我不是来吃饭的，我只是想跟老板你打听一个……”她话说到一半忽然停住了，眼睛直愣愣地盯着我手上正在把玩的表。

“怎么了？”我有些意外。

她并不答话，直接走了过来，不由分说地从我手里把表抢了过去。然后翻过去，看到了表盖后面刻着的“薇”字。“你见过我爸爸？”她抬起头看着我，声音有些打颤，眼眶发红，眼泪已经涌了上来，就生生的含在眼眶里面没有流下来。

我疑惑道：“你是？”

“我叫龙小薇。”

哦，我一下子明白了。龙三应该就是面前这位叫做龙小薇的女孩的父亲，而这块手表后面刻着的“薇”字，也是为了纪念自己的女儿。没想到如凶神恶煞活阎罗一般的龙三，竟然会有这么一个眉清目秀的漂亮闺女。

我说：“我的确见过你爸爸，他在我这里吃过几次饭，因为没有钱付账，所以把这块表先押在我这里了。”

“怎么可能！”龙小薇用力地握着那块表，强忍着涌上来的情绪，“这块手表，是我用大学第一年的奖学金买给爸爸的，他喜欢得不得了。怎么可能会把它这么轻易地押给别人？”看得出来，这块表对她的触动很大，可是她一直在克制着自己的不断翻涌上来的眼泪。这个看似柔弱的姑娘，也遗传了龙三性格里坚韧与顽强的一面。

我说：“是真的，我没有骗你。这块表，确实是龙三主动押在我这里的。”

她咬着牙，狠狠地摇了摇头，“我不相信。除非，除非是他亲口对我承认。”说着，她抬起头来看着我，“老板，我想见他，你能不能帮我？”

我苦笑道："我也想帮你啊，他还欠我饭钱呢。但自从上次他在我这里吃过饭以后，已经有五天没来过了。"

"这块表在这里，他总会再来的。"龙小薇顿了一下说，"老板，我想留在这里等他。"

"没问题。"我说，"不过要是等不到的话，你可别怪我哦。"

龙小薇挑了一张角落的桌子坐了下去，也不说话，就默默地看着手里的那块表。那副沉静的神态，真是像极了龙三。

"你刚进来的时候，说要打听一个人，就是龙三是吧？"我开始跟她有一句没一句地聊起来。

"嗯。"她点了点头，"我听说爸爸出来了，但不知道为什么，一直躲着不见我。有朋友告诉我，说曾经看到过他在这附近出没过。"

"你有多久没有见过他了？"我问。

"十年。"

十年，我叹了一口气。十年，足以把一个人改变。

夜深了，食堂里逐渐热闹了起来，一些相熟的人聚集在这里，放松地聊着天或者相互开着玩笑，尽情地享受着夜晚的沉醉与休闲。龙小薇却与这场景格格不入，她就静静地坐在那里，手里紧紧地捏着那块手表，整个晚上没有再说一句话。

蛋仔走到吧台前面，朝我肩膀上捶了一拳，神秘兮兮地说："老板，你行啊你。"

"怎么了？"

"从哪儿搞了个小美女啊？"蛋仔朝龙小薇的方向瞟了一眼，压低声音说，"你瞅瞅，跟个怨妇似的，都在这坐一晚上了，肯定是你做了什么对不起人家的事儿了。”

“冤枉啊。”我笑道，“真的跟我没关系，人家是过来找爸爸的。”

“哦，爸爸去哪儿吗？老板，你以为我三岁小孩子啊？”

“真的，没有骗你。”我收敛起脸上的笑容，郑重地道，“他爸爸，叫龙三。”

蛋仔惊讶地瞪大了眼睛，再次转过头打量了一遍龙小薇，“这是龙三的女儿？乖乖啊，长这么漂亮？”

我警告道：“蛋仔，你最好别打她的主意，龙三这人可不是好惹的。”

“瞧你说的，老板，我像那种人吗？”蛋仔说着，悻悻地坐回到座位去了。

这座城市的上空在慢慢地变化着，从黑夜到黎明，食堂里的人也逐渐散去，从喧嚣复归平静。我结束了一晚上的劳作，伸了个长长的懒腰，走到仍旧在等待的龙小薇身边，说：“小薇，回去吧，你爸爸不会来了。”

等待了一个晚上的龙小薇默默地咬着嘴唇，忽然抬起头来说：“老板，我想知道我爸爸来你这里，都吃过什么？”

“他每次来都只点一道菜，西湖牛肉羹。”

龙小薇愣了一下，说：“能不能也给我做一份儿？”

“好。”我转进厨房。烧水，备料，将牛肉粒、豆腐丁、香菇丁相继放进锅中焖煮，随后加入盐调味，将水淀粉倒入勾芡，同时加以蛋清搅拌。即将出锅的时候再依次加入胡椒粉、鸡精、香菜段、香油等。

西湖牛肉羹浓郁的香味溢满了黎明前夕的深爱食堂。我把牛肉羹端过去，龙小薇尝了一口，抿着嘴沉默了片刻，忽然几颗眼泪“啪嗒啪嗒”砸在了桌子上。

我急忙问道：“你没事吧？”

“西湖牛肉羹……是爸爸教会我做的第一道菜……”她哽咽着说，“那时候，妈妈刚过世，为了安慰伤心的爸爸，我经常给他做这道汤……老板，你做的这道汤，跟我爸爸曾经做过的味道很像……”

“嗯。”我点头，“相同的料理，只要用心去做，味道都是非常像的。”

“爸爸喜欢喝这道汤，说明他心里还一直念着我，他一定还会来这里的。”龙小薇站起来，朝我鞠了一躬，“这一晚上麻烦你了，老板。今天晚上，我想继续留在这里等他。”

“好，没问题。”

东方天色既白，我慢慢地掩上房门，同时发出了一声轻轻地感叹。没想到一份儿平淡无奇的西湖牛肉羹，却是联系这对父女之情的时间纽带。龙小薇能从西湖牛肉羹里喝出父亲料理过的味道，龙三每次来只点牛肉羹，想必也是想念女儿使然，可谓是父女情深。可是，龙三为什么不与龙小薇相见呢？这背后到底有什么隐情？

三

龙小薇每天晚上都会来到深爱食堂等待，但龙三一直没有再出现，就像消失了一样。这样的情况持续了十几天的时间，以至于到了最后，龙小薇也慢慢地成了深爱食堂的熟客。并且和其他人的关系也慢慢地熟络了起来。等待龙三，就像“等待戈多”一样，逐渐成了龙小薇的一种行为方式，而不是一种行为目的。我们每个人都不知道龙三为什么不再出现，不知道龙三为什么会把具有纪念意义的手表轻率地押在我这里，更不知道经历了十年的分别之后，他为什么不与亲生女儿见上一面。这些谜团，困惑着我们每个人。但生活仍旧继续，在每个夜色氤氲的晚上，龙小薇都会出现在深爱食堂，这小小的方寸之地本是一片江湖，如今又掺杂进来另一个人的恩怨。

大家知道龙小薇是龙三的女儿，一般人都不愿跟她有太多交流，唯独蛋仔，没事的时候总会找她搭讪。对于蛋仔的热情，龙小薇只是出于礼貌地回应，谈不上有多大反响。这不奇怪，她跟蛋仔他们不一样，龙小薇是一个有着重重心事的女孩。

蛋仔不知道从什么时候开始，迷上了“三国杀”游戏，没事就在食堂里找人杀一局，简直把我这儿当桌游娱乐室了。这天晚上，他又一时技痒，摆好阵势要开局，却发现怎么都凑不齐人。蛋仔便朝龙小薇喊道：“来，姑娘，江湖救急，五缺一。”

“我不太会玩。”龙小薇礼貌地推辞着。

“没事，大家都不太会玩，重在娱乐嘛！”

龙小薇朝我看了一眼，说：“老板，你陪他们玩吧。”

我摇头笑道：“打打杀杀的事儿，我不参与。”

“什么打打杀杀啊，只是卡牌而已好不好，老板你也太上纲上线了。”蛋仔不服气地叫道，又冲龙小薇说，“小薇，来玩两把嘛，输赢什么的没关系。友谊第一，比赛第二。”

面对蛋仔的盛情邀请，龙小薇没有办法，只得坐下来和他们开了一场“五人局”，并且首度便拿到了“主公”的角色。龙小薇嘴上说着不太会玩，其实却厉害得很，出牌十分老到，几圈下来，就已经杀得“反贼”英姿只剩下了最后一滴血。

英姿忍不住叫道：“哎呀，小薇，你也太厉害了。”

蛋仔冷嘲热讽地说：“哼哼，现在杀得这么过瘾，小心将来后妈给你穿小鞋。”

“什么……后妈？”龙小薇一头雾水。

英姿瞬间涨红了脸，嗔怒道：“死蛋仔，你胡说什么呢！”

“我没胡说啊。那天龙三走的时候，你跟个花痴似的盯着人家背影愣了那么老半天，魂都掉了，还说人家有男人味，对吧？这可不是我编的，当时目击证人还有乔公子和老院长，哎，对，老板也在一边看着呢，英姿这你可耍不了赖……”他话还没说完，就遭到了英姿一顿乱拳的袭击。

“哎呀，你个死蛋仔，我让你再胡说八道……”

两个人正打闹不休的时候，忽然电视里播报的新闻吸引了大家的注意。蛋仔和英姿也立刻安静了下来，转过头去看电视屏幕。

“据报道，本市于凌晨一时左右，发生了一起恶势力团伙性质的伤人事件。接到群众报案后，警察立刻前往现场，并抓捕犯罪嫌疑人多人。现场有一人身受重伤，已被警察紧急送往医院救治，目前已脱离生命危险。据记者了解，受伤的人名叫龙三，为刚释放不久的监狱服刑人员。在入狱之前，龙三亦有过参与黑社会性质的恶势力团伙的经历，据此，警方初步怀疑此案件为不同团伙之间的报复行为……”

龙小薇“霍”地一下站了起来，转身就向外跑去。

蛋仔急得大喊：“你干什么去！”

“去找我爸爸！”这句话刚落下，龙小薇的身影已经融进了外面的夜色里。英姿不放心，喊了一声“这孩子”，也跟着冲了出去。

蛋仔在后面叫道：“英姿，你小心点，千万可得看好她啊。”直到两个人的身影都消失后，蛋仔才担心地说了一句，“龙三没事吧？”

乔公子皱起眉头看着他：“你这么担心，怎么不跟着去？”

蛋子撇了撇嘴：“人家一家三口的事儿，我跟着掺和啥。”

乔公子继续紧皱眉头，问道：“蛋仔，你好像对龙小薇有点儿意思？”

“我对龙小薇有意思怎么了？犯法啊？”蛋子脖子一梗，不服气地回道。

“不是，我只是考虑——”乔公子说，“万一你真跟龙小薇成了，以后见了英姿岂不是得叫‘妈’？”

“我去！”蛋仔吃了一惊，扶住了自己额头，“我怎么没考虑到这一层关系？看来得从长计议了。”

“应该没这个必要吧，蛋仔。”我拍了拍蛋仔的肩膀安慰道，“看样子，龙小薇对你的兴趣不大。”

乔公子惊讶地看着我，愣了片刻后，赞道：“老板，神补刀。”

我不知道那天英姿有没有跟龙三表白，但从那天开始，龙小薇和龙三就再也没有来过食堂，就好像这两个人从来没有出现过一样。经过了一段短暂的动荡期，食堂又恢复了原有的安稳和平静。食客们还是会在茶余饭后谈起龙三的种种事迹，以及他十年前呼啸一方的威风。只不过，那语气里没有了敬畏，而是充满了惆怅和惋惜。

大约半个月后，一个普通的深夜，我正在吧台后面忙活着，忽然听到了门打开的声音。我刚想习惯性地说一句“欢迎光临”，却发现刚才还有些喧嚣热闹的食堂，陡然间安静了下来。我抬起头，看到龙三走了进来。他像往常一样，穿着一身黑色的装束，戴着墨镜，只不过，左手臂打着石膏，看起来十分不便的样子。旁边搀扶着他的，是他的女儿龙小薇。

我笑道：“出院了？”

龙三也笑了。在我的印象里，他很少笑得这么灿烂，仿佛被解冻的冰河。他朝我伸出了右手，“老板，表可以还我了吗？”

“你还欠我几份儿西湖牛肉羹的钱呢。”我把手表放在了他的手上说，“不过，你可以给我讲讲，为什么要把对你来说如此重要的一块表押在我这里？这样就算抵你的饭钱了。”

龙三拿回了表，放在手里摩挲了一会儿，抬起头问：“老板，你知道我是什么人吧？”

“知道，你是江湖人。”

他叹了口气：“有江湖，就有恩怨。十年前，因为抢地盘，我把另一个帮派的大哥捅成了重伤，最后不治身亡。因为这个，我进了监狱。整整十年，这件事情每一天都在折磨我，我不敢相信，自己竟然亲手夺去了一条活生生的性命。从我进监狱开始，这种负罪感就一直没有减轻过。十年之后，我出来了，想跟当年一刀两断。但有句话说得好，出来混，迟早要还的。对方的复仇，我必须坦然接受，这是江湖的规矩。但为了不连累到小薇，我出来以后一直没有与她联系，我这么做，是为了尽自己最大的努力保护她。还有这块表，如果我遭遇了什么不测，想把它托付给一个可以信赖的人！”

我问："你怎么就知道我是一个可以信赖的人？"

"一个不值得信赖的人，是做不出那种味道的西湖牛肉羹的。"

我释然地笑了，原来如此。

龙小薇扶着龙三坐下，冲我挤眉弄眼地笑了一下，喊道："老板，两份儿西湖牛肉羹！"

我很快将牛肉羹做好了。端出去的时候，发现食堂又恢复了往日的喧嚣和热闹，大家又开始像平常一样，聊着天，或者互相开着玩笑，享受着这夜晚的安详和休闲。江湖，在这其中，又仿佛离这里很远。在西湖牛肉羹的缕缕烟气中，龙三额头上的那道伤疤也显得温柔了许多。

龙三最终还是离开了江湖，给了这件事情一个圆满的结局。不过令人遗憾的是，蛋仔终究没有跟龙小薇表白，而英姿，也没有和龙三发生过什么。也许因为时间尚短，也许因为缘分还浅，不过不要紧，生活总是一直在前行，早晚有一天，我们终会遇到我们的挚爱。

西湖牛肉羹

原料 主料：牛肉馅，水发香菇，香菜，豆腐，鸡蛋

辅料：生姜，绍兴料酒，白胡椒粉，盐，花椒粉，味精，水淀粉

做法

1. 准备好食材，在料理盆中放牛肉馅，鸡蛋取蛋黄，滴少许绍兴料酒，加少许盐，一同腌三十分钟左右。
2. 水发香菇切末备用，豆腐切碎（尽量切得小一些），生姜切末。锅内倒少许油，加热到五成，放生姜末炒香，加牛肉馅炒至变白，放香菇、豆腐、盐、花椒粉翻炒（炒的时候不要太用力，否则豆腐容易碎），炒好后倒入清水，水开了以后，撇去浮沫。
3. 关火。取蛋清缓缓倒入锅中（动作一定要慢，防止蛋清成为一疙瘩），并不断用筷子搅动，放胡椒粉，用水淀粉勾芡出锅，撒上香菜末即可。

董小姐

成王败寇，已经很少有人会在某件事上越挫越勇，不服输的韧劲、与命运死磕到底的斗争精神渐渐淡化，我们看到的更多的是麻木与松懈、疲惫与放纵。事实上，与其碌碌无为地听从命运的安排，倒不如放手一搏，来一场与命运的搏杀。

一

董小姐是深爱食堂中唯一一个喜欢吃臭豆腐的人，对于这种避犹不及的食物，蛋仔与乔公子一行总是捏着鼻子躲过。而对于我，早已习惯这种味道。

明黄色的食用油沿着锅边儿缓缓倒入，蒜末、辣豆瓣、酒、糖、酱油等调料在油锅中炒香，等油锅烧开后，放入洗干净的臭豆腐和斜切的青蒜，大火转小火，焖煮至汤汁稍干，然后将已经变成金黄色的臭豆腐盛出，撒上香菜等配料。臭豆腐易做，但是想要领略它的美味，第一次尝试需要极大的勇气，因此，敢于吃臭豆腐并以此为乐的人可不能小视。董小姐就是这样一个女子。

“臭豆腐做好了。”我端着臭豆腐从厨房走出来。蛋仔、乔公子、老院长一脸嫌弃地看着我手中金黄色的豆腐，蛋仔张开嘴，做出一副想吐的表情。幸亏董小姐吃臭豆腐的时间是食堂客人最少的时候，人员高峰时要是端出这么一盘臭气熏天的东西，估计其他客人就走光了。“请慢用。”我把臭豆腐端上桌。

董小姐两眼放光地瞅着眼前的食物，迫不及待地开始享用。“老板，你做的臭豆腐简直是我的最爱，此物只应天上有啊。”

“天上放臭豆腐？你这么说考虑过上帝的感受了吗？”蛋仔吐了吐舌头。

“我真的搞不明白为什么董小姐爱吃这口，外表看着是高贵冷艳，可是一到了食物的档次上就一下子变女屌丝了呢！”对于这种自毁形象的举动，一向视端庄为己任的乔公子一脸的无奈，“朽木不可雕也”大概就是乔公子现在的内心独白吧。

“涂的是香奈儿的口红，含的是‘深爱食堂’的臭豆腐，啧啧。”老院长也发表了自己的看法。

我对众人的看法不予评论，估计此时坐在她对面的男士也不会完全赞同董小姐“此物只应天上有”的说法。我已经记不清这是董小姐带来的第几个男朋友了，在爱情方面，董小姐不是一个花心的人，这位在杭州做小白领的湘妹子在大学毕业的时候给自己制定了一个人生规划，其中最关键一条就是在三十岁之前要把自己嫁到这个城市，如今她已经二十几岁了。也许是欲速则不达，董小姐这种恨嫁的心态吓跑了身边的一个个男友，总之，她一直在相亲、恋爱，同时也一直在失恋，好在董小姐心态比较好，在爱情面前一直有着勇往直前的态度和信念。此刻，董小姐面前的这个人，我们暂且称他为A君吧。A君从臭豆腐端出厨房到现在一直是一副将吐未吐的样子，脸上却还得挂出灿烂的笑容。爱屋及乌，在这种说法面前，该男子铁定是不合格的。

“哎哟，还自拍上了，真是自黑无止境啊!”蛋仔小声议论着。

听着蛋仔的评论，乔公子和老院长回头看了看。“这哪里是自黑啊，可能在她看来还挺……挺高雅的吧!”老院长一时想不出合适的词来表达自己的想法，“难道我的审美出问题了?”

“真的好有勇气啊，我自拍完了不磨一百次皮是不敢发出来的。”作为一个比女人还懂女人的男人，乔公子看到的重点显然和大家不一样。

“来，快尝尝。”董小姐热情地招呼着A君。我猜测，董小姐恋爱屡次失败的原因，说不定也跟看不透身边人内心真正的想法有关。

“好，我尝尝。”看到董小姐在看自己，A君极不情愿地拿起筷子，鼻子一拧，撇着嘴，夹了一块儿臭豆腐塞进嘴里，假装爱吃的样子快速地咀嚼着，眉毛却早已拧成了八字。看见自己男朋友有着和自己同样的爱好，董小姐的臭豆腐吃得更开心了。“叮”，A君手机响起微信的提示音。A君急忙放下筷子，拿出手机。

“是谁啊?”董小姐试探性地问道。

“我妈。”A君一边回短信一边说，“她找不到我要洗的内裤了。”

乔公子他们都愣住了。

“你妈还给你洗内裤啊!”董小姐毫不掩饰自己的惊讶。

“嗯，是啊，一直都是我妈手洗，我妈说机洗的不干净。”

A君坦然地说。也许在他的概念里，他根本就不明白董小姐为何会如此惊讶。“怎么了？有问题吗？”

“哦……没有。”董小姐立即装作一副若无其事的样子。

“吃好了吗？”A君收起手机，问董小姐，“咱们走吧。”

“等等，我有话要问你。”董小姐擦擦嘴，表情严肃地问，“你觉得我怎么样？”

“啊？”A君被这突如其来的一句话问傻了。

“啊什么呀，我是问，你觉得我怎么样？要不我们下个月去领证吧？”董小姐很直白地说。

“这个……”A君有些吃惊地低下头。其实，不只是A君感到诧异，其他人也都被董小姐女汉子式的直接的表白小小地震惊了一下。

“发什么愣，你倒是说句话呀！”董小姐“啪”一声拍了下桌子。

“咳咳……”蛋仔剧烈地咳嗽着，脸憋得通红。董小姐刚刚那招“拍山震虎”不光吓到了A君，几步之远的蛋仔也吓得一口把含在嘴里的食物全部吞了下去。乔公子在蛋仔背后用力一拍，才让蛋仔将嘴里的食物吐了出来。“你那么用力干吗？不会温柔点儿啊！”也许是真的被打疼了，蛋仔对乔公子嚷嚷道。

“温柔点儿？你噎死算了，真是欠揍！”乔公子白了蛋仔一眼。

“我妈说了……不行……”A君吞吞吐吐的话吸引了大家的注意力。蛋仔和乔公子也暂时搁置了斗嘴。

董小姐深深吸口气，再将它缓缓地吐出。“那你是怎么想的？”

“我妈说还是小一点儿的女人比较适合我。”

董小姐继续深呼吸，看得出来她在努力地克制自己的情绪。我真怕她一发火给对面的小朋友一个耳光。

“我是说，你，是怎么想的？”

“我妈说……”

“你妈，你妈，你他妈的是还没断奶吗！”董小姐真的发飙了，脏话也飙出来了。

“谁让你比我大了。”A君仿佛屁股被针扎了一般，从椅子上跳起来，“我妈问你你还傻傻地说实话，就不能先瞒着吗。你看现在好了，我妈说她不同意。你比我大，男人被女人管着，我妈说，没出息！”A君挺了挺腰板，理直气壮地说，“我妈还说了，你是外地人，要是结了婚你要把你爸妈接到杭州，我们家可住不下。还有，我妈说，你弟弟如果要来杭州念书，学费什么的我们家也负担不起，我妈还说……”A君停下来，也许是看到了董小姐被气得变了颜色的脸，也许是感觉到下面那句话可能真的有些不合适。

“你妈还说什么了？”董小姐不依不饶地问道。

A君有些犹豫。

“说啊！”

“我妈说你找我结婚不就是图个杭州户口嘛！”

“啪”，董小姐拍案而起。两人坐着的时候看不出什么差别，董小姐站起来后，竟足足比A君高出半个头，而且这种身高的差距特别明显。

“你……你……你要干吗?”A君抬起头仰视着董小姐，不住地往后退。我从吧台里走出来，准备拉住董小姐，阻止她做出一些冲动的举动。

可我还是晚了一步，董小姐给了A君一个响亮的耳光。“去你妈的!”骂完这句一语双关的话，董小姐提起包，一甩头走了，高跟鞋踩得铿铿作响。

风从敞着的门中呼呼地灌进来。A君捂着刚刚被打过的脸委屈地看着乔公子他们说:“我妈还说了，湖南妹子不能要，呛口。”

二

分手之后的董小姐没有因此而郁郁寡欢，她还是经常会来吃臭豆腐，欢愉的表情让我们有时会想，她对于爱情是不是已经麻木了?情场上的失利是不是已经不能对她造成任何影响?对此，董小姐的答复是:没了爱情，就更不能丢掉美食，更何况，吃完才有力气去找更好的感情。事实证明，董小姐的做法是对的。

春天来临的时候，董小姐在感情上又有了新的进展，对方是一位家境殷实的大叔，看上去敦厚老实且很有主见，对于这位女汉子式的姑娘，这应该是再好不过的归宿了。第一次看见董小姐挽着大叔进门时，我们都吓了一跳，平日里以女汉子形象示人的她在大叔面前竟变成了一只依人的小鸟。娇美、温柔，甚至，在大叔脱下西装外套时还很贴心地帮他搭在了椅背上。

“看见那颗 ARMANI 的袖扣了吗?”乔公子附在我耳边说,“袖扣是董小姐送的,让我帮着挑了老半天呢!”

“两位吃点什么?”我过去跟董小姐他们打招呼,顺便看一眼乔公子提到的袖扣。不得不承认,乔公子审美的眼光还是不错的,但是,这颗袖扣配面前这位大叔,总是让我觉得什么地方有一丝不和谐。

“我当然是老样子。”董小姐对我说,“你呢?”她看着大叔,眼睛里满是抑制不住的甜蜜。

“跟你一样好了。”

“我打赌大叔不知道老样子是什么东西,一块钱,你赌不赌?”蛋仔对乔公子说。

乔公子说:“我觉得应该是不知道。赌码那么小,又没有胜的概率,才不赌呢。”

“你们两个这样打赌,董小姐知道吗?”老院长幽幽地来了一句。

“臭豆腐来了!”蛋仔捂住鼻子,如临大敌。

臭豆腐刚端上桌,大叔立刻掏出 BURBERRY 的手绢来捂住鼻子,一副很嫌弃的表情说:“你就天天吃这个啊?”

“对啊,很好吃的啊。”董小姐一边说一边大口地吃着臭豆腐。她抬起头,看见大叔嫌弃的样子,撒娇地说,“你要是不喜欢吃可以再点些别的嘛。”

大叔环顾四周,瞅了瞅蛋仔碗里的肉蒸蛋和老院长的西红柿鸡蛋面,说:“算了吧,就这么小的店也不会有好吃的东西。”

我停下手里的活,转身看了看大叔,笑着说:“先生,有时候可不能只靠外表和第一印象来判断事情，就比如说臭豆腐，虽然闻起来臭，但是吃起来是香的。”听了我的话，大叔应付地笑笑。

“我明天要出差，这次可能会一周哦，你不要太想我哈。”董小姐见气氛有些尴尬，急忙岔开了话题。

“不不，你明天不能出差。”大叔强势地说，“你明天要去我家吃饭，我母亲会等着你。”

“什么！”董小姐似乎被这句话吓了一跳，“明天，你为什么不提前和我说啊？”

“我刚才不是已经通知过你了吗？你要是想和我在一起，以后就得经常和我母亲，还有我身边其他的人见面吃饭。我是这么认为的，你明天要注意仪表，要化淡妆。”

董小姐有些不太高兴。

“况且，你明天出差也没有提前告诉我啊。”大叔开始打柔情牌，“宝贝，我们是准备结婚的，夫妻是个整体，你的行程会影响到我的安排，你所有的变化必须得提前告诉我，要知道今后的生活不再是你一个人了，还有我和我的家人。”对于一个恨嫁女来说，听到对方谈论结婚以后的生活，应该是一件很高兴的事儿，但董小姐却怎么也高兴不起来。

“可是我真的要出差啊，公司连机票、酒店都已经订好了。所以，跟你妈，哦，不，是你母亲的见面能不能改期？帮我好好解释一下嘛！”

“不不，不行。”大叔站起来整理了一下微皱的衬衣，“你要把握机会，和我母亲吃饭才是决定你未来生活的关键，而不是出差。还有，你工作太忙了，你应该辞掉工作，陪我母亲。”

“辞掉工作！”董小姐这次是真的被震惊了。就连乔公子、蛋仔和老院长也是一脸的惊异。

大叔点点头：“我们家是从来不需要女人出去工作的，和我结婚，然后为我生个孩子才是你的头等大事。我需要你照顾我的家人和小孩，这是非常关键也是很荣幸的一件事儿。”

乔公子听不下去了，隔空对着大叔的背影做了个扇耳光的动作；蛋仔则对着大叔做出呕吐的表情；董小姐呆如木鸡地坐在那，以我对她的了解，那只是暂时的迷茫，绝非妥协之势。

“别担心，宝贝，你以后会很忙的。”大叔隔着桌子朝董小姐探探身，把她的手放在自己手心，深情地凝视着董小姐。突然，大叔一副要呕吐的样子。“算了，你慢慢吃吧，我受不了这个味道。明天见。”说完，大叔抓起椅背上的外套，落荒而逃。留下一屋子人面面相觑。

“哼！”董小姐赌气地踢掉高跟鞋，光着脚踩在地板上，“ARMANI 的西服，DUNHILL 的钱包，FERRAGAMO 的鞋……唉，你说我是不是傻了，多少女孩哭着喊着要嫁这样的大叔！”

“说不定是假冒的呢。”蛋仔满不在乎地说。

“怎么讲？”董小姐疑惑地问。

“他那些行头全是在网上买的，Made in Taobao。你看，他连标牌都没摘，没准明天就退了！反正现在网上都是几天之内无理由退货的。”

“对啊，也许还是分期付款的呢，估计就付了 250 元。”乔公子紧跟着说。

董小姐傻眼了。

三

那晚以后，大叔再也没出现，董小姐也决定先把重心移到工作上。因为她突然明白了，爱情的触角应该是在工作中伸展开的。董小姐还是每天都会来吃一份儿臭豆腐，但是下班的时间却越来越晚，加班的日子也越来越多。

“我看你还是换份工作吧，这样下去你就真的嫁不出去了。”老院长喝着小酒，看着兴高采烈地吃着臭豆腐的董小姐。

“呸呸呸，乌鸦嘴！”董小姐从不掩饰自己内心的想法，心直口快，对受人敬重的老院长也是如此。

“看你成天加班，哪有时间谈恋爱啊。我可是好心啊。”老院长说。

“就是啊，人家老院长是关心你。难道你现在有新情况了？”蛋仔为老院长打抱不平。

“哼，与其不敌寂寞找贱货，不如做好准备等良人！”不知道董小姐是从哪里学来的新词。

“老板，老板，想死我了。”王一背着一大包行李，大呼小叫着冲了进来。

“呵呵，良人来了。”蛋仔小声嘟囔着。

王一是自由撰稿人，也是深爱食堂的常客，只不过来的时间并不固定。前不久因为迟迟交不了稿子，被编辑拖到郊区闭关写稿，一个多月过去了，看这装备应该是被“放”回城了。这家伙和董小姐一样，爱吃一些臭烘烘的东西。

“我看你是想你的美味了吧?”老院长打趣说。

“嗯，知我者，老院长也。老板，快来一份儿麻辣大肠米线!”王一喊着。

“天啊，还让人活吗?臭豆腐没走，大肠又来了。”蛋仔绝望地说。

“忍忍吧，最起码你还挺自由的，我在郊区待了一个月呢，那时候一想到大肠米线就流口水啊。”王一感慨地回味着那段苦不堪言的日子，“就当是对我的犒赏吧。”

董小姐一直没有参与大家的讨论，女汉子式的架势也收敛了不少。我在一边默默地看着她的变化，总感觉有什么事情要发生。

“嗨，我叫董思思，你怎么称呼?”王一刚刚吃完最后一口米线，董小姐就开始自报家门。

“我叫王一。”王一看着董小姐灿烂得如少女般的笑容有些不知所措。

“看你和大家挺熟的，你是不是也经常来这儿?我怎么没有见过你?”董小姐问。

“不知道啊。”王一傻傻地看了看我，又看了看老院长，大概没搞明白为什么这个女孩会如此热情。

“你一般都几点来?”

“一般都是十二点以后，但不是每天，不定时。”

“那你以后每天都来吧。”

“啊？”

“有女朋友吗？”

“没有，怎么了？”王一彻底被董小姐问傻了。刚刚从闭关赶稿状态中出来的他，仿佛是躲在山里隐居的人突然间来到城市那般，晕头转向，寻不到出路。

董小姐笑颜如花地看着王一，明眼人都看得出她对王一是一见钟情。在董小姐的概念里，喜欢就要表达出来，单刀直入，不管对方是否同意。“喜欢谁是我的权利，不需要经过其他人批准。”这是董小姐经常说的一句话。只是，不知道王一是真傻还是装傻，不解风情的模样都让周围的人对这段“感情”并不抱太大的希望。

四

自从见到王一后，董小姐又恢复了原来的状态，而王一也增加了来食堂的频率，是不是因为董小姐，我们不得而知。

我把做好的臭豆腐和大肠米线分别放到两人面前，乔公子和蛋仔两人捏着鼻子躲得远远的，夸张地看着董小姐和王一，见两人没什么反应，蛋仔失望地松开鼻子，恶狠狠地说了句：“屎密斯夫妇。”

“哈哈哈！”乔公子反应过来后，笑得喘不上气来。

“你没事吧？”王一好奇地看着乔公子。

“哎呀，不用理他俩，笑成这样准没好事。”董小姐猜测着，“王一，你租的房子快到期了吧？”

“嗯。”王一头也不抬地吃着大肠米线。

“还继续住那吗？”

“不住了，房租又涨了。”

“搬我那儿去住吧。”董小姐一语惊人。王一顿了一下，没有抬头，而后继续吃着米线，就像没听见董小姐的话一样。“我是说……这样房租能省一半呢。”董小姐故作轻松地说，“未来我也不介意租房子结婚，我想只要我们一起努力，什么困难都算不上困难。”

“我没有正式工作，你要不要再考虑下。”王一埋头吃着米线。

“我知道，而且我也已经考虑好了。我有固定工作，我可以先养你。”王一没有回应，董小姐继续说着自己的规划，“我现在存了点钱，足够我们去度蜜月。我计划好了一条路线，你听听看……”

“我只当你是朋友。”王一终于抬起了头，但他却给出了董小姐最不想听到的答案。董小姐一时没有反应过来，愣在那里，傻傻地看着王一。“我只当你是朋友。”王一重复说道，“对不起，我承受不起你对我的好。你是个优秀的女孩，还是找个对等的人好好对你吧。我不适合！”接着，王一站起身，认认真真地对董小姐说，“以后我们还是朋友。”之后，王一把钱放在桌子上，冲我点点头，穿上外套走了。

食堂里没有了说话声，只听见墙上的挂钟“当当”地响着。我静静地数完十二下，新的一天开始了，童话里的灰姑娘一到这个时间就必须离开心爱的王子，否则她将在王子面前露出原型，所以，不管灰姑娘对王子有多恋恋不舍，她都必须离开。童话故事在现实中上演，只不过故事的主角调换了位置，逃走的是姑娘心中的白马王子。

“谁要跟你做朋友。”董小姐自嘲地笑了笑。

“既然不合适分开也是好的，谁都不耽误谁。”老院长看待问题总是相对理智些。

“唉，长得还没我帅，还这么得瑟，我看他就是打一辈子光棍的命。”不知道蛋仔是在贬低王一还是在吹捧自己。

“觉得自己配不上女人的男人，你一定要相信他配不上你，这点自信都没有，不要也罢。”乔公子说。

门开了，王一走了进来，大家都有些尴尬。“忘拿手机了。”王一拿起手机，以最快的速度离开，仿佛多待一秒都会有在此丧命的危险。大家看着王一的窘态，再想想自己刚才的恶毒，都会心的大笑起来。

“失恋福利，喝不完不许走！”我拿出了两瓶珍藏的红酒。马上要过年了，大家陆陆续续地离开这座城市回家过年，过完年，不知道这些人还能不能像现在这样凑在一起，权当为大家饯行了。

“老板，哪里来的红酒，老实交代。”乔公子说。

“保密！喝完再告诉你！”

那个晚上，大家都喝多了。我醒来时已经是第二天中午，模模糊糊中记得董小姐喝得最多，还宣布了她的计划，但是具体是什么计划已经完全记不起来了。春节到了，董小姐跟着春运大军回了老家。之后，她没有再回来。

再见到董小姐，已经是一年以后了。

那天晚上，我们几个寂寞的人聚在一起，一边吃饭一边聊天。老院长忽然就提起了董小姐："董思思这个死丫头，一声不吭就走了，也不知道现在嫁人没有。"

"是啊。虽然她不在，食堂的空气质量指数升高了，但是还是挺想她的。"蛋仔竟夸张地挤出几滴眼泪。

"她不是一直嚷嚷着要在三十岁之前把自己嫁出去吗？今年她三十岁了吧。她算是那种只有相处久了才能发现可爱之处的女孩，之前的那些男人肯定会后悔的。"乔公子评论着。

"吱呀"一声，门开了，变得黑黑瘦瘦的董小姐跳了进来。我惊讶地看着她的变化，很难去说是好还是坏。

老院长他们习惯性地朝门口看了一眼，又习惯性地转回来继续吃饭，片刻之后，猛然反应过来，急忙转身，异口同声地喊道："回来了！"

"对啊，不是说好今天回来的吗。"董小姐感到莫名其妙地说，"一年前，咱们一起喝酒的时候，我当时说要按照之前制定的蜜月路线独自旅行一年，一年后再回到这里相聚。你们当时还为我鼓掌了呢，都忘了？"

"当时喝得有点儿多，都断片了。第二天除了觉得头疼，什么都想不起来了。"蛋仔小声地说。

"哈哈哈。"董小姐大笑起来，女汉子般豪爽的性格依旧没有改变，"你们几个大老爷们酒量还不如我呢。唉，丢人啊！"

"老院长，你平时也喝酒啊，酒量应该不错啊，怎么关键时刻就被比下去了呢？"乔公子问。

“我……大概是因为中国胃喝不惯洋酒吧。”后来我们才知道，老院长那晚早些时候喝了白酒，红酒和白酒一掺，酒劲就大了，老院长喝醉也在情理之中。

“董小姐，乔某深表敬佩。”听完董小姐给大家讲述的旅途奇遇，乔公子竖起了大拇指，“我一直都想独自去旅行，计划了好久，但是一直没有勇气，想不到你说到做到。”

“这有什么啊，要不是我怕被狗仔队偷拍，我也早出去旅行了。”蛋仔不屑地说。

“是拿砖头拍你吗？国内认识你的就没有几个人，到了国外更没人知道你是谁。我看你这是赤裸裸的嫉妒！”乔公子说。

“在外面玩得这么好，为什么要回来呢？”我问。

“当然要回来啊，钱都花光了嘛，我得回来接着赚钱啊。”董小姐认真地说，“不管怎么样，生活还得继续啊，对吧？再说了，我可是还一直惦记着你做的臭豆腐呢，这么好吃的美食可不能辜负。”

“不要啊，噩梦又要开始啦！”蛋仔大叫起来。

董小姐是个很可爱的姑娘，真性情，善良真诚，虽然在相亲的道路上屡战屡败，但她总是屡败屡战地继续前行。每一次重新上战场，她都会带着爆满的热情，打起十二分的精神去面对，骨子里有一种和命运死磕到底的精神。命运是公平的，你用什么样的状态对待它，它就会还你什么样的结局。所以，我相信董小姐一定会找到属于自己的另一半，会喜欢她，呵护她，就像那首歌里唱的一样：

董小姐

你从没忘记你的微笑

就算你和我一样

渴望着衰老

董小姐

你嘴角向下的时候很美

就像安和桥下

清澈的水

……

臭豆腐

原料 主料：豆腐十块，大蒜适量，黄酱适量，麻酱适量
辅料：小葱适量，香菜适量

做法
1. 用主致和臭豆腐两块加水、白酒和盐调一碗汁。
2. 然后把豆腐干浸泡在里面两个小时以上。
3. 用蒜、生抽、辣椒调料汁，准备用来蘸着炸好的臭豆腐吃。
4. 锅中放油，把腌好的豆腐干炸至两面金黄就可以配上料汁来吃了。

母亲的回忆

回忆是很苦涩的东西，像潜伏在过去久远时光中的一粒红尘，会在你坚强或者脆弱的时候轻易将你击败。有的时候，人们为了抹去自己的回忆，会不惜一切代价。

一

凌晨十二点，蛋仔看着自己在“好易购”节目中的夸张表演，并手舞足蹈地配合着。老院长放下报纸，揉了揉眼睛说：“真羡慕蛋仔每天都有这么乐观向上的精神，年轻就是好啊。”

“哎哟，老院长，你可别往他脸上贴金了。”乔公子说道，“他那不叫年轻，那是弱智儿童快乐多。”

“哎呀，老乔，两天不收拾你，不服了？是不是想重燃战火？”蛋仔瞪起眼叫道。

“燃就燃，我还怕你不成！”乔公子撸起袖子，毫不退缩。

“好，姓乔的，我今天就把你彻底打服为止！”蛋仔“啪”地一下把三国杀卡牌摔在桌子上，叫道，“来，开局！”

“这两个长不大的，又掐起来了。”我无奈地摇了摇头。

两个人针锋相对，剑拔弩张，各自分了手牌，蛋仔很快就选定了自己的武将角色，乔公子却在三个备选人物之间摇摆不定，不知道该选哪一个好。蛋仔不耐烦地叫道："乔公子，麻烦你快点儿行不行？"

"急什么，心急吃不了热豆腐，你没听说过吗？你得让我好好考虑考虑吧。"

"五分钟都过去了。你这不叫考虑，这叫孵蛋啊！"

蛋仔和乔公子争吵不休的时候，食堂门开了，一个四十多岁的中年男子走了进来，他穿着衬衣，一副传统公务员的打扮。他进来以后稍微迟疑了一下，四下观望一番。我正要上前问他想要吃点儿什么，忽然乔公子把手里的一张卡牌狠狠地摔在桌子上，说："就你了，高顺！"

中年男子猛地一怔，看向乔公子，"你是谁？你怎么认识我？"

乔公子也愣了："我不认识你啊。"

"你不认识我？那你怎么知道我的名字？"

"你的名字？"乔公子看了看他，又看了看自己手里的卡牌，"你叫……高顺？"

"对啊。"

乔公子和蛋仔对视片刻，哑然失笑，"这真是太巧了，你和三国杀里面的人物重名了。"

"哦，这样啊。"这位同样叫高顺的哥们儿弄明白了原因之后，不禁笑道，"这确实是太巧了。你刚才冷不防地叫了一声我的名字，吓了我一跳呢。"说着他又看向我，"你是老板吧？我路过你这里，看还亮着灯光，就过来瞧一瞧，没想到真的还在营业啊。"

我笑道："深爱食堂专在晚间营业，为夜晚漂泊的城市人群提供憩息和食物。你要是白天从这经过的话，倒是见不着我了。"

"有意思。"他点了点头，又问道，"老板，你这里都能做什么啊？"

"你可以随便点，只要我吃过的，都能给你做出来。"

他脸上的表情有些怀疑："粉蒸肉，会做吗？"

我说："粉蒸肉有，但是你得等一会儿。"粉蒸肉虽然属于南方传统小吃，但工艺复杂，耗时较长，在这个城市的饭店里并不常见。

我转进厨房，开始制作粉蒸肉。将五花洗好，切成4厘米左右长、2.5厘米左右宽、1厘米左右厚的长条，用布搌干水分，然后混合精盐、酱油、甜面酱、腐乳汁、姜末、黄酒、味精、白糖等一起拌匀，腌五分钟左右。在粉蒸肉中，稻米是十分重要的元素，可以说是粉蒸肉的精髓所在，稻米在锅中炒上五分钟后变成金黄色，这时加上桂皮、丁香、八角混炒，起锅后再把稻米磨成鱼子大小的粉粒，制成五香米粉。至此，粉蒸肉的主要原料就制成了，剩下的，就是工艺与程序的问题了。火焰呼啸，锋利而狂暴地舔舐着锅底，使得蒸笼内的温度骤然上升。

高顺有些等不及了，问道："老板，还没好吗？"

我走出厨房，拿起吧台后面的毛巾擦了擦手说："别急，粉蒸肉得大火蒸煮半个小时左右。"我看了看表，"还有二十分钟的时间。"

高顺的手机忽然响了起来，他看了一眼来电显示，眉头轻轻地皱在一起，表情也阴沉了下来。犹豫了一下后，他还是接通了电话。“喂。”高顺声音低沉地开口了。沉默了几秒钟后，高顺说：“过会儿就回去，快了。”对方又说了什么话，高顺的脸上显现出一种极不耐烦的表情，“我不是说了嘛，很快就回家了。我不是特意非要这么晚的，今天晚上加班，路过一家还没关门的餐厅，老板说可以做粉蒸肉，所以等了一会儿。”又沉默了几秒钟，高顺说，“妈妈喜欢吃这个。我曾经听她念叨过。”对方继续说着什么，有些聒噪的声音从听筒里向外散发出来，隐隐约约能听出来是个女声。我猜想，可能是高顺的妻子。就在对方喋喋不休的时候，高顺简短利落地说了一句：“就这样，我挂了。”然后，挂断了电话。

“家里人等急了吧？”我问道。

“嗯。”高顺含混地答了一声，眼睛瞟向窗外。

“你做什么工作的，下班这么晚？”我很随意地问了一句。

“做外贸的，不是什么好活，天天忙到焦头烂额。”谈起工作，高顺无奈地苦笑着。

粉蒸肉的香味已经混着氤氲的烟气飘散出来，我抬头看了一眼挂钟，时间差不多到了。于是，回到厨房关掉火。打开蒸笼，一份儿嫩香浓郁的粉蒸肉呈现在眼前。我将粉蒸肉打包好，高顺付了钱之后，还不忘客气了一句：“老板，这么晚了还让你做这么麻烦的夜宵，真是不好意思了。”

“没关系，厨师的工作就是做菜嘛，这也是我的乐趣。”

高顺出门之后，正在玩三国杀的蛋仔嘲讽地摇了摇头：“哎，也是一个‘妻管严’。”

二

蛋仔对于三国杀已经到了痴迷的程度，每天晚上都会拉着乔公子杀上几局才过瘾。这天晚上，两人又燃战火，杀得正酣时，蛋仔忽然莫名其妙地说了一句：“那个高顺好像没再来了。”

“哪个高顺？”乔公子一时没反应过来。

“就是那个高顺啊，那天晚上来买粉蒸肉的哥们儿，你还无意之间喊了人家的名字呢。”

“哦。”乔公子想了起来，“没错，好像是都没再看见他了。”

他话音刚落，高顺就推开食堂门走了进来。我乐了：“说曹操，曹操到啊。”

高顺有些奇怪，问道：“老板，谁是曹操啊？”

“没，我在跟他们说三国杀里面的人物呢。”我笑道，“今天想吃点什么？”

“还是粉蒸肉吧，打包。”

“哦。”我答应了一声，又问道，“上次做的口味，还行吧？”

他不好意思地笑了笑：“我没有吃，所以不知道味道怎么样。我是买了带回去给母亲吃的。”

“原来是这样。看来你母亲对粉蒸肉情有独钟啊。”

高顺的脸上蒙上了一层阴郁的色彩，他勉强地笑了笑说：“我母亲有老年痴呆症，很多事情都记不住了，现在连我是谁都不知道了。不过她有时候会念叨着‘粉蒸肉好吃’，所以我就经常给她买些粉蒸肉，希望能用这种味道激起她以前的回忆。”

“原来是这样。”我喟叹了一声，“那么现在怎么样，有效果吗？”

他叹了一口气，说：“好像没什么效果。母亲好像很喜欢吃你做的粉蒸肉，上次把我带回去的粉蒸肉吃得干干净净。但是，记忆还是一片空白。”

我拍了拍高顺的肩膀，安慰道：“兄弟，别急，慢慢来，功夫不负有心人，不会一点儿效果都没有的。”

那天晚上，我做粉蒸肉的时候格外用心，每一道工序和火候都拿捏得十分精准，将我全部的技艺都注入这一道南方小吃的味道中。既然这道粉蒸肉承载了高顺这么多的希望，我想把它的味道做得更加淋漓尽致一些，或许，味蕾能够勾起沉睡于脑海中的那些久远的回忆。生活在这个残酷的世界，有时候，我们不得不期望奇迹的发生。

我把粉蒸肉打包拿出去的时候，高顺又在接电话。他背过身去，故意压低了嗓门，可是微弱的声音还是流泻了出来。“我出来买粉蒸肉，上次妈吃得挺好的……我想再给她带一点儿……我一会儿就回去……不是说了吗，一会儿就回去……已经做好了，现在就走了……别催行吗，你催也没用啊……好好，知道了，这就回！”高顺挂了电话，看着我们的表情有些尴尬。

我把打包好的粉蒸肉递过去，说：“好了，赶紧回去吧。”

“麻烦你了，老板。”高顺接过粉蒸肉，付了钱。

“没事，有需要的话再来，这些都是小事——”我意味深长地说，“重要的是，别让母亲伤心就好。”

他感激并尴尬地看了我一眼，转身离开了深爱食堂。

蛋仔看着他淹没在黑夜里的背影，冷哼一声："高顺这名字放在他身上，真是白瞎了。"

"为什么？"我眯起眼睛问道。

"人家好歹也是三国杀里面的英雄人物之一，治军严谨，冲锋陷阵，视死如归。哪跟这个高顺似的，一副唯唯诺诺的样子，整天受制于妇人之手。"

"哎哟，"乔公子故作惊讶地叫道，"蛋仔会说古文了耶。"

"哼，废话。"蛋子白了他一眼，"每天的三国杀岂是白玩的？老乔，说实话，你这性格也得改改，等你以后结婚了，弄不好也是个'妻管严'。"

"你少在这胡说八道！"乔公子怒气冲冲地甩出一张牌来，"决斗！"

高顺隔三差五地就会来深爱食堂，要上一份儿打包的粉蒸肉。几乎每次在等待粉蒸肉制作的时间里，他都会接到一个被催促的电话。在接电话的时候，高顺给人的感觉是一种处于下风的谦卑姿态，但在态度和语气方面，似乎仍努力坚持着自己身为一个男人的尊严和勇气，让人觉得他仿佛是一条在逆流的波涛中拼力前行的小鱼，痛苦而又吃力。

这天晚上，高顺又来到了深爱食堂。与平时不同的是，一进门他就高兴地叫道："老板，功夫不负有心人，你做的粉蒸肉终于起作用了！"

我赶紧请他坐下来，让他说说是怎么回事。

原来今天傍晚的时候，高顺的母亲又念叨粉蒸肉好吃，高顺就问母亲为什么那么喜欢吃粉蒸肉。母亲沉默了一会儿，开始喃喃自语，说自己刚生下孩子那会儿，正值困难时期，很多人都吃不饱饭，可她需要喂奶，没营养根本不下奶水，所以急得她团团转。村里的支书知道这情况后，特别从生产队调拨了一些粮食和肉给她，以解燃眉之急。当天晚上，高顺的母亲就做了一道粉蒸肉，在她看来那是她这辈子吃过的最美味的食物。

高顺说完，又唏嘘感慨道："久旱逢甘霖啊，怪不得粉蒸肉的味道在母亲的记忆里这么深刻。这在当时，是关系到生死存亡的一顿饭啊。"

我也感慨道："是啊。不过，确切地说，那顿粉蒸肉是关系到你的生死存亡。为了让你在当时的艰苦条件下活下去，你母亲必须想办法加强营养。可以说那顿粉蒸肉，是救了你的命！"

高顺抿着嘴点了点头，眼眶红了："原来母亲对粉蒸肉的记忆，说到底，还是对我的记忆啊。"

我站身起来，拍了拍他的肩膀，问道："怎么样，今天晚上还要带一份儿粉蒸肉回去吗？"

"嗯。"他用力地点点头，"既然母亲喜欢吃，我就天天过来买给她吃。"

我走进厨房。腌肉、坐锅、点火，每一步都进行得十分严谨且神圣。这小小的粉蒸肉，在一个人的回忆里，承载了多少忧伤和喜乐！最起码，在高顺母亲这里，它已经超出了一般食物的意义的范围，更像是一个来自于过去的闪烁着温馨色彩的回忆碎片，就那么独一无二地、浅浅地躺在记忆的海洋里。

那天晚上，我发现，高顺没有接妻子的电话。在等待粉蒸肉出锅的时间里，他的电话响了三次，都被他直接挂掉了。在挂电话的时候，高顺表情凝重，不发一言。

三

高顺应该是跟妻子吵架了。接连几天过来买粉蒸肉的时候，他的手机依旧会响起，可每次接起来之后，高顺都只是脸色阴沉地听着，一句话也不说，任凭手机里传出喋喋不休的女人的声音。最后听得烦了，他干脆挂掉，甚至有时会直接关机。

对于深爱食堂的熟客，我觉得作为店老板的我还是有必要适当地表示一下关心的，不过清官难断家务事，对于这种事情，我始终不知道该怎么开口才好。但是，蛋仔似乎并没有这方面顾虑，在高顺又一次默无声响地挂断电话后，蛋仔问他："怎么了，跟嫂子吵架啦？"

高顺未置可否，只是颓然地叹了一口气："唉！"

我趁机走了过去，递给了他一根烟："生活就是这样，难免磕磕碰碰，相互容忍一下就没事儿了。"

高顺点上烟，深吸一口，吐出一道烟柱后，摇头苦笑："有些事情，真的是没法容忍。老板，不怕你笑话，我妈就我这么一个儿子，你说她不跟着我过跟谁过？虽说母亲现在老年痴呆了，谁都不认识，但她含辛茹苦把我养大，我难道现在不应该好好地伺候她吗？"

"应该，这自然是应该的。"我说，"怎么，现在病症还是没有什么好转吗？"

“没有。”高顺抓了抓头发，又深吸了一口烟，“母亲现在还是那样，偶尔能想起来粉蒸肉，但其他的都不记得了，也不认识人。以前，她在家里还能帮着干干活，看看孩子什么的，现在她记忆力丧失了，媳妇就嫌伺候老人太麻烦，说要把她送敬老院去。因为这个，我们已经吵了好几次了。”

“家家有本难念的经啊！”我也跟着叹了一口气，除此之外，我还能说什么呢，家务事是这个世界上最理不清的东西。

那天晚上，高顺照旧打包了一份儿粉蒸肉，可他迈出食堂的步伐却显得有些沉重。

日子像流水一样过去，那天晚上之后，我很长一段时间没有见过高顺。偶尔听到这个名字，也是在蛋仔和乔公子玩三国杀的时候。有时提起来他，蛋仔总会淡淡地说上一句：“哦，那个‘妻管严’啊。”

我经常会想起高顺最后一次来深爱食堂时的情景，以及他离去时沉重的步伐。母爱、亲情、羁绊、现实，这些东西不由分说地交织在一起，像枷锁一样套在高顺的身上，让他心力交瘁。只是不知道，他的母亲身体好些了吗？是不是老年痴呆的症状有所好转？在某个偶然的时刻，能认出来给自己买粉蒸肉的人就是自己的儿子吗？我不知道。每当想到这些的时候，我只能无奈地摇摇头。

很快地进入了深秋，树叶开始凋零，一片萧萧瑟瑟的景象。下午的时候，我坐在吧台后面，用本子记录着今天需要采购的食材，忽然“吱呀”一声，有人推门进来了。我没有抬头，习惯性地说道：“不好意思，本店从晚上才开始营业。”

“老板，是我。”

我抬起头，看到了许久未见的高顺。在他身后，还拉着一位两鬓苍白的妇人，如果没有猜错的话，这应该就是高顺的母亲。

我急忙站起来打招呼：“怎么现在过来了？”

“是这样，”高顺回头看了一眼母亲，又苦笑道，“老板，不怕您笑话，我终于妥协了。现在家里是三天一大吵，两天一小吵，搞得我干什么都没心思，整个人天天都是蒙的，实在受不了了。这样下去也不是办法……我让步了，准备把母亲送到敬老院去。今天特地来你这里，想让母亲再吃一次粉蒸肉。”

我急忙请高顺和他的母亲坐下。老人的神情有些呆滞，似乎看什么东西眼睛都没有对焦，仿佛此刻发生的一切事情都跟她没有关系一样。苦难的岁月在她脸上磨砺出了深深浅浅的皱纹，像是河流在平原上冲积出的一条条沟壑。高顺有些忐忑地问我：“老板，现在能做粉蒸肉吗？”

“能，你先跟阿姨坐一会儿，我马上就开始做。”

“老板，麻烦你了。”高顺的声音欣慰而低沉。

我走进厨房，开始做粉蒸肉。切肉、调料、炒米、点火……不知道为什么，每一个步骤都进行得那么沉重，仿佛是在为即将远行的朋友做一顿分别的宴席。在等待蒸煮的时间里，我忽然莫名其妙地想起了两句诗：劝君更尽一杯酒，西出阳关无故人。

这时，一个女声从外面传了进来：“怎么回事，还没走吗？在这里干什么？”我转出厨房，看到一个女人走了进来。从年龄和语气上来推断的话，这人应该就是高顺的妻子。

高顺说：“走之前，我想带着妈再吃一次粉蒸肉。”

“粉蒸肉什么时候吃不行，非得这个时候吃？”

“以后都去敬老院了，哪里还有机会吃？我问问你，你会特地从这里买了粉蒸肉给妈送过去吗？”

我一看这两口子又要吵架，急忙上前劝道：“两位，少安毋躁。粉蒸肉正在蒸着，五分钟就好，很快，很快。”

高顺和妻子面对面地坐着，两个人都阴沉着脸，谁也不理谁。老太太则静静地坐在一旁，也不说话，不知道在想些什么。

粉蒸肉很快出锅了，我端了出来，放在老人面前。高顺给母亲舀了一小碗，吹了吹，说：“妈，慢点吃，小心烫。”

老人尝了一口，慢慢咀嚼着，点点头，说：“嗯，是粉蒸肉，好吃。”

“好吃您就多吃点。”高顺又往母亲的碗里舀了一勺。老人津津有味地吃着，忽然愣了一下，仿佛想起了什么，从口袋里掏出一块布帕铺在桌子上，然后把粉蒸肉一勺一勺地都扣在了布帕上。高顺见状，急忙劝阻道：“妈，您这是干什么啊，弄得到处都是。”老人不说话，只是一勺一勺地往布帕上舀粉蒸肉。高顺见状，只能无奈地把布帕从她手里抢下来。

这样一来老太太可不干了，她一把抓住布帕，一边死命地往回夺，一边还念叨着：“这些我要给小顺带回去，他在家里还饿着呢。”

我们全都愣住了。高顺的手一松，布帕掉在了地上，里面裹的粉蒸肉撒得到处都是。

老人一下跪了下去，急忙拾捡着地上的粉蒸肉，懊恼地埋怨自己：“哎呀，我这是怎么了，怎么把粉蒸肉都弄地上了？小顺还没吃，他还饿着呢，这可怎么办啊！”

“妈妈啊！”高顺再也控制不住自己，跪在地上，抱着母亲号啕大哭。

我急忙回过身，抬起头，揉着发酸的鼻子，尽量不让眼眶里温热的液体滑落。当我再回过头的时候，看到高顺的妻子揉着发红的眼眶走到老人的身边，将她慢慢地搀扶起来。

高顺的妻子替老人掸掉衣服上的灰尘，哽咽地说：“妈，咱们回家。”

“回家。”老人喃喃地重复了一句。

“嗯，回家。”高顺的妻子说。

我靠在深爱食堂的门口，看着他们一家三口相互搀扶着，慢慢行走在寂寥深秋的小巷里。树上的黄叶一片一片地飞下，落在地上，终将化作春泥。我深吸一口气，闻到了秋天混合着粉蒸肉的味道。到头来，这一道粉蒸肉还是没能唤醒一个母亲的记忆，但是，它却重新唤醒了我们。

粉蒸肉

原料 主料：五花肉 500 克，大米 100 ～ 150 克
辅料：生抽适量，老抽适量，胡椒粉适量，料酒适量，白糖少许，土豆或红薯

做法
1. 五花肉切片，加入料酒、生抽、老抽、胡椒粉、少许白糖拌匀，腌两小时。
2. 冷锅放入大米，喜欢吃粉的可适量多加些。
3. 小火翻炒至微黄，关火，起锅。
4. 将炒好的大米放入搅拌机，打成粉状。
5. 把自制的蒸肉粉倒入腌好的五花肉中，拌匀。
6. 在碗底铺上土豆块或是红薯块，把拌好的肉片整齐码好。
7. 放入高压锅中蒸三十分钟，出锅。
8. 取一个盘子扣在碗上，把碗翻转过来，摆盘，上桌。

无名之辈

我们的一生或许应该这样度过：安静地看待别人一夜成名或一夜暴富，然后平静地度过自己的一生。

一

寂静的深夜，是容易发生故事的时间。在这里待久了，我发现无论寒来暑往，还是花开花落，在深爱食堂这小小的方寸之地，每时每刻都在上演着一幕幕的人间情景剧，悲欢离合。我常驻于此，身份上只是一个看客，但每次又在不知不觉间，渐渐融入其中。

又是一个深夜，外面下着淅淅沥沥的小雨，店里客人不多，熟客几乎一个都没有来。我百无聊赖地坐在吧台后面，听着雨滴打在外边窗台上清脆而枯燥的声音，心道原来杭州的雨也有下得如此萧瑟的时候。正在我发呆的时候，门开了，一男一女走了进来，随之而来的还有一阵潮湿微寒的雨风。两个人都没有打伞，浑身湿漉漉的，男女长得都很清秀，像是两朵儿并排的水仙，只是在眉宇之间弥漫着一股淡淡的忧愁。我不觉好笑，这样的年轻人，正值青春韶华，有什么忧愁可言呢。大多数的时候，只不过是为赋新词强说愁罢了。

两个人挑了一张桌子坐定。姑娘翻着菜单，点了一个煲，一份儿肉蒸蛋，小伙子翻了翻菜单又放了下来，问我：“老板，你这里有荷叶粥吗？”

“荷叶粥？”我点点头，“有的，还需要什么？”

“不用了，就一碗荷叶粥就行了。”

姑娘皱起了眉头：“你就喝一碗稀饭？”

“嗯，我没胃口。”小伙子说完，把手放在桌子上支住下巴，一副无精打采的样子。

我转进厨房，从冰箱里取出一张新鲜荷叶。做荷叶粥，荷叶是最重要的原料，也可以说是荷叶粥的灵魂。将白米混合冰糖煮粥，快要熟的时候，将荷叶覆在粥上，小火再继续焖煮十五分钟。在这十五分钟的时间里，是荷叶粥的血液与骨骼凝聚的时间，它所有的味道和精髓都于此间形成。开锅后，米粒晶莹剔透，荷香与米香和谐地融合在一起，一锅清淡碧绿如宝石一般的荷叶粥就呈现在了面前。

我相继把他们点的食物端了出去。当那小伙子看到青翠碧绿的荷叶粥时，恹恹无神的脸上闪过了一丝惊奇。两个人相对无言，只有吃饭，让人觉得这是一对闹了别扭的小情侣。小伙子很快喝完了粥，然后就定定地坐在那里，望着眼前的空气出神。姑娘看他这个样子，忍不住叹了口气说：“你能不能淡定一点儿？”

小伙子淡淡地答道：“时不我待，淡定不能。”

“你这样折磨自己是没用的。很多事情，都不是以你我的意志为转移的，你这样下去会把自己弄崩溃的。”姑娘捋了捋额前长长的头发，“我把你带到这里住，也是希望你能在一个安静的地方好好思考一下，不要给自己太多压力。你是个聪明人，应该能想明白的。”小伙子只是怆然一笑，未置可否。

吃完饭，姑娘站起来结账，问道：“老板，你这里每天都营业到这么晚吗？”

我说：“还要晚一些。”

“那就好。”她回头看了一眼小伙子，“这家伙是个夜行动物，习惯每天晚上出来寻吃的。你这里既然夜宵这么晚，我也就不担心了。”

姑娘结完账要走，我从吧台后面拿出一把伞递给她：“外面风雨急，先拿这个用一用吧。”

姑娘感激地看了我一眼，说：“谢谢。下次来的时候我把伞给您带回来。”

姑娘撑着伞走了，小伙子一人孤零零地坐在那里，不知道在想什么东西，一直莫名其妙地发呆。我过去收拾碗碟，看了看姑娘离去的方向，问道：“你不跟着走吗？”

“我不走。”他转过头，看着窗外黑漆漆的夜晚说，“我就住在前面，刚租的房子。小惠说，这里比市区安静，可我觉得，无论在哪里都是一样，没什么区别。”

小惠，应该就是刚走的姑娘。虽然我并不是一个八卦的人，但这两个人的关系引人猜测。“小伙子，怎么称呼啊？”风雨凄冷，店内食客零落，这小伙子又一直坐着不走，为了不让气氛太沉闷，我开始跟他聊起来。

“老板，你平时看书吗？”他答非所问地说。

“哦，书，平时有时间的话还是会看一点儿的。”

“嗯。”他貌似有点欣慰，“那你听说过欧阳乾这个名字吗？”

我想了一下，摇了摇头。在我的印象里，没有这么一个奇怪的名字，像是哪部武侠小说里面的人物。他笑了笑，表情愈发怅然。然后，拿出手机登录网络，打开一个网页让我看。网页上是欧阳乾的简介，这是一个青年作家，已经出版了好几部长篇作品。网页上还有这个人的照片，我看了一眼，吃惊地抬起头，打量一番，不就是眼前的这个小伙子吗？“你就是欧阳乾？”我问道。

他无精打采地靠在桌子上，点了点头。我不由得有些肃然起敬了，对于作家，从心底里钦佩。在喧嚣浮华的世界里，这个群体总是保持着一份难得的镇静，冷眼旁观地看着形形色色的人们，然后再用瑰丽的语言诉之于纸上。对于生活来说，他们是一群真正的艺术家。欧阳乾拿回手机，自嘲地说道：“还得用这种方法让你认识我，我真是一个没用的人。”

我不太明白这句话的意思，不由怔了一下，说：“这不挺好的吗？”

他却摇了摇头：“作为一个作家，我太失败了。不过……今天晚上，还算是比较有成就的，老板，你做的荷叶粥很好喝。”

“谢谢。”我微笑着答道。荷叶粥其实是我的绝活之一。

他叹了一口气，再次看向了窗外：“你做的荷叶粥，很像我老师做过的味道。”

“老师？”

“是的，我的大学老师，也是我走上文学道路的启蒙导师。他当年很照顾我，经常让我去家里吃饭，他做的最拿手的便是荷叶粥。老师曾经对我说过，以我的才华，日后肯定会有名满天下的一天。可是……”他苦笑了一声，语调里充满了浓得化不开的惆怅，“如今我毕业已将近十年了。十年，我甚至都没有勇气回母校看老师一眼。”

我忽然明白了这个年轻人如此萧瑟的原因。身为一个作家，可能他此生最大的愿望，就是像他老师说的那样“名满天下”吧，可事实却是他依旧籍籍无名，像普通人一样混迹于世上，这让他那颗乘风破浪之心难以释怀。我安慰他道：“成名之事，可遇不可求吧。”

“哈哈哈。”他突然狂放地笑了起来，“老板，你是明白人，看得出来，是老江湖一枚。确实，成名之事，可遇不可求。有多少人怀才不遇，抱恨终身，又有多少人天生娘炮，却靠抄袭就得以扬名。这简直就是上帝开的玩笑。”

面对他犀利的点评，我有些无言以对，只能勉强答道：“呃，你得学会知足。最起码，你女朋友对你还不错，看得出来，她很关心你。”

“老板，你搞错了，那不是我女朋友。”他淡淡地说，嘴角扬起一丝嘲讽的笑容。

“哦，那么她是谁？”

“我的责任编辑。最近催我写一本小说，可我无论如何都提不起来动笔的兴趣，所以，她愣是把我抓到这个地方，说这里安静偏僻，有助于自我人生的思考。明白了吧。”他双手一摊道,“我是被放逐到这里的，哈哈……沧浪之水清兮，可以濯吾缨；沧浪之水浊兮，可以濯吾足!”

最后两句话，他不是说出来的，而是啸出来的。一声长啸，余音婉转，让这阴雨连绵的天气更加凄恻。我接触过的作家不多，不知道只有他是这样，还是写书的人都这么郁郁不得。

二

自从那天晚上以后，欧阳乾每天晚上都会来吃夜宵。他吃得很少，只是要一碗荷叶粥，偶尔加个小菜，他来的时间并不固定，有时候八九点，有时候十一二点，完全看心情。

这天晚上，他来得比较晚，一脸恹恹的表情，无精打采的样子。他几乎每天都是这个模样，我也懒得跟他再聊什么，直接做好了荷叶粥端了过去。

英姿闻到粥的味道，使劲吸了吸鼻子说:“哎哟，好香啊。老板，这是什么粥啊?”

我说:“荷叶粥。”

“荷叶粥?好名字。给我也来一碗。”

蛋仔像发现了什么新大陆一样:“哎呀，英姿，你不是肉食动物吗，怎么又对粥感兴趣了?”

“去你的。”英姿骂道,“你丫才肉食动物，你下辈子肯定就是个肉蒸蛋。”说着又面向我,“老板，别理他，我要喝粥。”

“没有了，都让欧阳公子包圆儿了。”我无奈地说,“人家每天就喝那么点儿稀饭，靠这荷叶粥续命呢，你就别跟着抢了。”

“哪个欧阳公子？”英姿很好奇。

“欧阳乾。”我朝那边努了努嘴，“喏，天天愁眉紧锁无精打采的，跟个落难公子似的。”

英姿听到这个名字愣了一下，然后站了起来，走到欧阳乾身边上下打量。正在喝粥的欧阳乾抬起头，没精打采地回看了她一眼：“这位姑娘，你有事吗？”

“你是欧阳乾？”英姿的语气透着惊讶，“不会就是那个写小说的欧阳乾吧？”

在那一瞬间，我清楚地看到，欧阳乾的眼睛里闪过了一蓬耀眼的火花，那火花转瞬即逝，就像在无尽的夜空中瞬间划过的烟火。在那一瞬间，就算几乎只有半秒钟的时间，他整个人的神采都发生了改变，那是一个朝气蓬勃的、躁动的、尖锐而又深邃的青年。但只是那一瞬间，绽放的烟火就熄灭了，他依旧还是那副无精打采、有气无力的样子。“哦，你认识我？”他淡淡地问。

“认识，我看过你写的《江湖凶猛》。结局特别惨，最后都死了，我还因为这个伤心了好久。”

“不要介意，那只是小说创作，人物都是虚构的。”

“可是……”英姿还想说什么，欧阳乾却不再理她，低下头去专注于自己碗里的荷叶粥。

蛋仔有些气不过，冷嘲热讽地说：“现在的小作家都是这么牛气哄哄的吗？”

“小作家？”欧阳乾抬起了头盯着蛋仔，表情掠过一丝愠怒。

蛋仔毫不示弱，也直直地看回去。两个人的眼神剑拔弩张，空气中立刻充斥着一股火药的味道。我急忙挡在两人中间，跟英姿一块儿把刚刚点燃的火苗灭了下去。蛋仔的肉蒸蛋还差一点儿没吃完，就被英姿强拉着离开了。欧阳乾倒是一直很镇定地喝完了自己的粥，然后又像往常一样对着空气看了半天后才离开。

从那天晚上开始，英姿仿佛着了魔一般，每天早早过来，为的就是见欧阳乾一面。可欧阳乾的时间并不固定，完全视心情而定，有的时候来得很早，有的时候来得很晚，所以，等待占据了英姿夜晚大部分时间。她的这一举动引起了好友蛋仔和乔公子的不满。

蛋仔想起来那晚的遭遇还愤愤不平："哼，不就是一个小作家吗，又没有什么名气，装什么大尾巴狼？"

乔公子也为英姿鸣不平："英姿，那样的家伙有什么好，你现在不是以女强人自居吗，怎么这么快就要坠入爱河了？"

英姿立刻涨得满脸通红："谁坠入爱河了，姓乔的你别胡说八道。我只是看过他的书，有些问题，想跟他交流一下而已。"

三个人为英姿有没有坠入爱河的问题争论不休。我泡上一壶茶，给老院长也倒了一杯，一边喝一边笑道："现在的年轻人，像英姿这样的女孩还真少见。"

老院长说："英姿是个好姑娘。那个叫欧阳乾的人，一副油盐不进的样子，倒是挺不寻常的。"

我说："那家伙郁郁不得志，整天都惆怅着呢。"

"哎哟，那可不得了。你看，像这个徐渭自残、梵·高自杀、海子卧轨，都是因为这个。这玩意弄不好容易出大事啊。"

“就是说嘛。”我叹了一口气，“搞不懂这些文化人脑子里都在想什么。”

这天晚上，欧阳乾来得格外的晚，店里已经没有其他客人了。他面容憔悴，双眼布满血丝，看得出已经熬了很长时间。

我把做好的荷叶粥端了出去，他喝了一口，叹了一口气。我说：“怎么了，今天的荷叶粥不好喝吗？”

“不是。”他摇摇头，“我又想起我的老师了。老板，你做的荷叶粥和他做的味道真像。”

“呵呵。”我笑道，“不管什么料理，用心做的话，味道都是一样的。”

“用心……”他喃喃地重复着。

“看你熬成这个样子，最近干什么了？”

“在创作一部小说，可是一直都没有什么灵感，这也是我被编辑放逐到这里的原因。”他苦笑一声，随即又想到了什么，“对了，老板，你能给我讲讲你的故事吗？”

“我的故事？”

“就是你这家食堂的故事。为什么叫‘深爱食堂’？为什么总是在晚间营业？说实话，我感觉很好奇，总觉得这后面一定有什么不寻常的故事。方便的话，你能给我说说吗，或许能激发出我的灵感来。”

“也没有什么不寻常啦，其实很简单。说到底，只是因为对于爱的纪念。”

“爱的纪念？”

我点上一根烟，在烟雾缭绕中，对着欧阳乾慢慢地说起自己的故事。

十年前，我上厨师培训学校的时候，跟阿玲是同学。因为对厨艺共同的喜爱和拥有相同的理念，我和阿玲成了情侣。毕业之后，阿玲一直梦想着开一家自己的饭店，不用很大，但很精致，能够为城市里来回奔波的人提供一个暂时休憩的地方。但因为资金的原因，这个想法我们一直无法实现，我和阿玲只能暂时为他人打工。每天，我们像其他上班族一样，朝九晚五，重复着同样的生活，此外，我们经常还要加班到深夜。阿玲一直没有放弃过筹办饭店的计划，她甚至还给未来的饭店取了名字——深爱食堂。我问她为什么叫这个名字，她回答：如果爱，请深爱。她希望这个名字能成为我们两个感情的见证。在那段日子里，我们虽然每天都生活在枯燥的忙碌和寂寞的清贫中，但因为有爱情的滋养，让我感觉那段日子是最幸福的一段时光。说到这里，我长长地吐出了一口烟，对欧阳乾说："你知道的，在这个世界上，美好的东西总是很容易破碎。"

阿玲在一个秋天的深夜里永远地离开了我。那天晚上，她加班到很晚，离开公司后，肚子有些饿了，所以她没有直接回家，而是想去买一些夜宵吃。但那时已经是凌晨了，城市大都已经睡去，哪里有卖夜宵的地方呢？她饿着肚子，在这个寂寞的城市里走了很久，在一个十字路口，在一辆疾驰而过的汽车前面，阿玲轻盈得就像一只蝴蝶……

这就是我的故事。

说完之后，我抖落了一下已经蓄了好长的烟灰。欧阳乾沉默着，过了好一会儿他才问道："后来，你就辞了工作，开了这家深爱食堂?”

“对的。你问我为什么只在晚间营业，是因为我想在夜晚给这个城市里奔波的人提供一个可以暂时安放心灵和身体的地方。”

“老板，你……”他在想着措辞，“你讲的故事很……”

“很平淡，是吗?”

“不，让我很感动。”

我笑了:“平平淡淡才是真。生活就是这个样子，就像一条看不到尽头的河流，一直向前流去，你不知道它哪天就会突然拐弯，闪你一下子。对此，我们也只能坦然面对。任何哀怨都是没用的，人活在这个世界上，能成就多大的事情，本事倒在其次，都是时势使然。”

“时势使然?”他震动了一下，抬头看着我。

“有些事情，不是以我们的意志为转移的。这就是我比你年长这么多年悟出来的道理。”我微笑着说，“不管生活如何，我们都要坦然面对。”

欧阳乾沉默了很长时间，像往常一样，看着眼前的空气默默发呆。末了，他站了起来，一言不发地离开了。他没有对我说他的故事，以及那个做荷叶粥很好喝的老师的故事。在他身上，肯定承载了很多别人的期望吧。这样的人生，不知道是幸或不幸。

那天以后，欧阳乾仿佛消失了。英姿依旧会在下班之后在食堂里固执地等待，等到很晚很晚，才一个人落寞地回去。开始的时候乔公子和蛋仔还会陪着英姿等待，到了后来，也逐渐失去了耐心。蛋仔提起欧阳乾就一肚子的火，嘟哝道："我真不明白那家伙有什么好的，能把英姿你迷成这样？我还真不知道原来你喜欢大尾巴狼！"

乔公子也劝道："英姿，你以前每天晚上都在这里等他，连傻子也能看出来你是什么意思。可这家伙根本就是顽石一块，这种人没有什么好值得留恋的。"

英姿没理他俩，红着眼眶问我："老板，欧阳乾还会来吗？"

我摇了摇头："说实话，我不知道哦。他是不辞而别，也许还会来，也许就不再来了。"

英姿鼻子一抽，眼泪在眼眶里打转，差点儿就要掉下来。我急忙道："英姿，你别伤心，等他来了，我就马上打电话通知你，好吧。"

英姿哽咽着点了点头。

三

凌晨十二点整，墙上的挂钟"当"的敲了一下，像一个尽职守责的卫兵。蛋仔正全神贯注地看着自己在电视节目里的表演，不时地评点几句关于演技的修正方向；"妇女之友"乔公子正在跟英姿探讨女士内衣未来发展的新趋势，以期能够在设计上先声夺人；老院长坐在角落里看着报纸，关注一天的时事新闻；我则坐在吧台后面，泡上一壶茶，点上一根烟，默默地抽着，享受着凌晨的安谧时光。

门"吱呀"一声开了，欧阳乾毫无预兆地闪身走了进来。

我愣了一下，随即说道："来了。"

"不好意思，老板，没跟你打声招呼就消失了那么长时间。"他还是跟以前一样，一副无精打采的样子，但眼神里却闪烁着某种以前没有的光彩，"那天晚上跟你聊过之后，忽然很想念我的老师，就特地回母校探望了一次。"

"哦，这样啊，原来回母校了。老师身体怎么样？"

"托您的福，老师身体很好，只是有点老年失忆的症状，跟他再聊起当年的往事，有很多都不记得了。不过，他还记得怎么做荷叶粥。老师做的荷叶粥，跟老板做的味道很像呢。"

我笑道："那当然了。不是说过吗，不管什么料理，用心做的话，味道都是一样的。怎么样，还要再来一份儿吗？"

他也笑了："来一份儿。荷叶粥我永远都喝不够。"

我从冰箱里取出荷叶，覆在快要煮好的粥上，等待十五分钟血液与骨骼凝聚的时间。开锅之后，米粒晶莹剔透，荷香与米香和谐地融合在一起，清甜可口的荷叶粥衬托得这个夜晚都没那么坚硬了。还未喝进嘴里，欧阳乾只是深深地闻了一口粥的香气，脸上就浮现出了一种满足的表情。满足——我有些意外，这个郁郁不得的青年作家，如今竟也学会了满足？

在欧阳乾喝粥的时候，英姿的眼睛一直注视着他，想说什么，却欲言又止。蛋仔和乔公子一直在旁边怂恿着，但英姿就是鼓不起勇气说一句话。我意识到此刻自己应该做点儿什么了，于是对欧阳乾说道："在你离开的这段时间里，有个人每天都在我的店里等到你很晚。"

"哦？"他意外地抬起了头，"谁？"

我朝英姿的方向努了努嘴："就是这位姑娘，你的铁杆读者之一。"

欧阳乾郑重地站起来，朝着英姿走了过去，很有礼貌地鞠了个躬："谢谢你对我的支持，我以后会更加努力的。不过，你每天都在等我，请问有什么事情吗？"

英姿嗫嚅着，越是关键时刻越是一个字都蹦不出来。乔公子急了，在旁边咬着牙压低声音道："陈英姿，错过这个村，可就没这个店了。"

"你，你……你有女朋友吗？"英姿终于鼓起勇气问出了这句话，急忙垂下头搓着自己的衣角。

欧阳乾注视着英姿，笑着说："没有。不过我想，很快就要有了。"这个回答让我们都大吃一惊，再看英姿，她抬起头愕然地看着欧阳乾，一张小脸已经羞得通红。幸福来得太快，总是措手不及。

就在这时，门"吱呀"一声开了，一个姑娘拿着一把伞走了进来。我总觉得这人有些面熟，仔细看了一眼，这不是一开始的时候把欧阳乾"放逐"到这里的编辑小惠吗？小惠和欧阳乾四目相对，两个人心照不宣地笑了笑，然后亲热地将手挽在了一起。这个举动让所有人都惊呆了，一时有点儿反应不过来。小惠把伞放到吧台上，对我说道："老板，谢谢你的伞。"

我说："不客气。一把伞而已，还让你特地跑一趟。"

"我今天来，一方面是还伞，另一方面是来接他的。"小惠转过头看着欧阳乾，甜甜地笑道，"放逐令取消了。"

欧阳乾再次与小惠对视，说道："我要向大家宣布一个消息，我跟小惠的关系已经正式确立了。谢谢深爱食堂的各位，在我被‘放逐’的这段时间里给予的照顾，没有你们，我不知道要到什么时候才能打开心扉。同时，我今天也是来向各位告别的，我要跟小惠去海南旅游一段时间，顺便采风。诸位再见。还有老板，我会一直记着荷叶粥的味道的。”

欧阳乾和小惠手挽手地走了。直到半个小时后，英姿才缓过劲来，放声大哭，任我们几个怎么劝都劝不住。唉，人生就是这样，不如意之事十之八九啊。

三个月后，欧阳乾的新书出版了，他特地给我邮寄了一本。封面很漂亮，书名起得也很棒，但最吸引我的还是书开头的第一句话：“我们的一生或许应该这样度过：安静地看待别人一夜成名或一夜暴富，然后平静地度过自己的一生。”

荷叶粥

原料 主料：大米半杯，荷叶三块，冰糖少许
辅料：百合

做法
1. 砂锅放半锅水，干荷叶撕几片放锅里，至水烧开。
2. 大米开水下锅，放适量冰糖，五片百合。
3. 大火熬十分钟，转中小火三十分钟左右。
4. 熬至米软烂，汤黏稠正好。

刘安妮的猫

孤独而漫长的生活中，我们总需要有什么东西陪着我们。就像一名忠诚的卫兵，会在寂寥的深夜里给予我们安慰，让我们不曾因为时间久远而忘记爱与被爱的感觉。

一

安妮仿佛永远只在深夜里出现，她像晚上出来觅食的吸血鬼一样准时，总是在将近十二点的时候悄无声息地闪进来，带着淡淡的体香。第一次看到她的时候，我的心里动了一下，仿佛看到了阿玲的样子，也是这么面容冷淡，长发飘飘。但我明白，安妮属于另一个世界，她只会出现在我的夜间，就像我在她的生活里，只是一个配角。

每当安妮出现的时候，蛋仔和乔公子就会皱起鼻子，贪婪地嗅着她的身体在空气里逐渐飘散的味道，仿佛那是能够解开女人秘密的摩斯密码。想起来，我当年追阿玲的时候，好像也这么干过。有一次，乔公子终于忍不住对蛋仔说："我从来没有闻过那么奇怪的香水味。"

蛋仔没搭理乔公子，他正饶有兴致地看着自己在晚间档电视购物节目"好易购"里面的表演。蛋仔是个演员，虽然不是什么明星，但他依然很在乎自己在荧幕上的表现。用他自己的话来说就是，说不定哪天就火了呢？虽然经常来光顾“深夜食堂”的宠物医院的老院长告诫过他，要冷静地看待别人的一夜成名，然后平静地度过自己的一生。但我想，潜藏在蛋仔心里年轻而蓬勃的欲望，不是一句富有哲理的话就能抚平的。乔公子又喊了他一声，蛋仔还是没有回应。我有心想听一下他们之间的讨论，便拿起遥控器换了台。

“哎，别换台啊。”蛋仔急了，“看得正好好的呢，老板你什么意思啊？”

“我真就不明白了，自己看自己有什么意思？”乔公子不屑地说道，“表情肤浅，动作夸张，还有，你看你身体幅度那么大，两只手摆来摆去，你旁边模特的眼睛都快被你戳瞎了！”

“你懂个屁，这叫肢体语言，是表演的艺术！”蛋仔反击道。

“这都叫表演艺术啊，你赶紧弄本《演员的自我修养》读读吧。”

“你这……”蛋仔指着乔公子，半天没说出来什么，干脆一转头道，“真是秀才遇到兵，有理说不清。算了，咱俩是吃冰棍拉冰棍——没化（话）。老板，饿了，老样子，来份儿肉蒸蛋。”

我答应了一声，进去给他做肉蒸蛋。等我再出来的时候，他们两个人正在对安妮身上的香水味道争论不休。“绝对是香水的味道。”蛋仔斩钉截铁地说，“清雅中带着奔放，含蓄里还有一丝张扬，前调柔和，中调饱满，后调野性，根据我多年闻香识女人的经验……”

乔公子嗤之以鼻：“蛋仔，咱能不装大尾巴狼吗？”

蛋仔有些尴尬，随即反问道："那你说，是怎么回事？"

"我觉得不像是香水的味道，有可能是天然的体香。"

"体香？"蛋仔哑然失笑，"你以为都是杨贵妃啊。"

我把肉蒸蛋给蛋仔送过去。乔公子转向寻求我的支持："老板，你说安妮身上的味道像不像体香？"

我打了个哈哈："不好说。或许，两者兼而有之？"

"你这是彻头彻尾的折中主义。"乔公子恨铁不成钢地看了我一眼，又转向蛋仔，"你敢不敢跟我赌一把？"

"赌什么？"

"就赌肉蒸蛋！如果我输了，就请你吃一个星期的肉蒸蛋；如果你输了，一个星期都不能吃肉蒸蛋！"

"你……够狠！"蛋仔犹豫了半天，终于一咬牙道，"好，我跟你赌！"

赌局已定，我们不约而同地抬起头来，看向墙上的挂钟，还差五分钟就到十二点，这座城市马上要进入午夜。这仿佛是一个临界点，白天所有的喧嚣和繁华到了这个时刻都接近了尾声，绝大部分开始沉沉睡去，浓重的夜色像是一首从天而降的安眠曲。寂寥的城市里还点缀着些稀疏的灯火，从远处看去一闪一闪的，像夜幕里的星星。而深爱食堂，只是这稀疏星河里的其中一颗。

分针又往前跳了一格，门"吱呀"一声开了。安妮准时走了进来，齐腰长发，白色风衣，化着这个城市中常见的白领妆，神情漠然——有时候我会想，是这座城市给了她们这样的表情，还是她们的表情塑造了这座城市？安妮今天有点儿出乎意料地坐到吧台前，并未点菜，而是托着腮帮，歪着头看着我。

我迎着她的目光问：“安妮，今天想吃点什么？”

安妮的眸子里仿佛有小小的念头在跳动：“有没有小黄鱼？”

“嗯，这个可以有。”

安妮浅浅一笑，点了两份儿小黄鱼，还特别强调地说：“要快啊，十分钟之内，晚了我可不给钱。”我正在准备小黄鱼，忽然又听到安妮问道：“老板，你的小黄鱼是用橄榄油煎的吗？”

我很好奇她为什么有这么一问，抬起头，看到安妮正在翻阅吧台上的《好易购》杂志，目光正停留在一张印有食用油的广告页上。我严肃地回答她：“可以是。”

“哦。”安妮又追问道，“橄榄油是哪国的？西班牙？意大利？”

我调侃道：“是希腊的，不知道能不能满足你的要求？”

“OK。”安妮爽快地回答，“小黄鱼要一份儿加盐，一份儿不加盐。”

“盐要用哪国的啊，安妮？”乔公子忍不住了。

安妮抬起头，认真地说：“最好是西班牙的海盐。”

安妮的认真把蛋仔也逗乐了，他人笑着说：“你就算用上希腊的橄榄油，西班牙的海盐，可那小黄鱼也还是咱们舟山的啊，地道的国货。”

安妮白了蛋仔一眼，没有说话。乔公子打趣道：“蛋仔，你看吧，把姑娘惹不高兴了。就你还天天上电视呢，听我说的啊，回去别忘了读读《演员的自我修养》。”

墙上的挂钟不紧不慢地走着，“滴答滴答”，仿佛是时间之神不急不躁的脚步。安妮依旧低着头翻阅杂志，乔公子和蛋仔两人心急火燎地在安妮身后挤眉弄眼，他俩现在还没弄明白，这个冷漠女孩身上所散发出来的淡淡的香味，到底是香水味，还是体香？就在安妮所要求的十分钟将到的时候，我把两盘装饰得很漂亮的小黄鱼端了出来。

安妮此刻正在接电话，典型的职业口吻，不带一点儿温度："报告马上就做好，一会儿给您发过去。好，不管多晚都会发短信通知您。"

我等她挂上电话，分别指着两份儿小黄鱼告诉她："这份儿是有盐的，这份儿是没盐的。"

安妮先凑近没有盐的小黄鱼闻了闻，又尝了尝有盐的那份儿，然后指着没有盐的小黄鱼说："把这个给我打包吧。"接着，安妮开始大口吃着有盐的小黄鱼。也许是因为真饿了，在她吃饭的时候，都市白领平时的那种理性和冷漠挥之一空。我看着安妮狼吞虎咽的样子，心里泛过一丝暖流，倒不是因为对方的举动意味着对自己手艺的赞赏，而是在我的概念里，这个模样才是这个年龄的女孩应该有的举动。我第一次做菜给阿玲吃的时候，她也是这样完全地不顾形象。

乔公子看她吃得那么香，忍不住问道："安妮，你那份儿不加盐的小黄鱼，是留给谁吃的？"

"咪咪。"安妮暂时停止了吞咽，补充道，"随我的姓，刘咪咪。"

"哦，你孩子？"众人惊愕道。

"不，我的猫。"

“你的猫？”乔公子难以置信地重复了一句，“你给你家猫吃小黄鱼？”

“是不加盐的小黄鱼。”安妮一本正经地纠正道。

坐在旁边一直看报纸的老院长接了一句：“没错。盐会加重猫的肾脏负担，甚至会威胁生命。”

“我去，猫不是都吃猫粮的吗？”

乔公子刚说完，他的好兄弟蛋仔又补了一句：“对，那玩意多健康啊。”

“健康？”安妮似乎对他俩的话不屑一顾，“为了你的健康，让你成天吃饼干，你愿意吗？谁规定猫只能吃猫粮了，我家咪咪什么都吃，不照样活到十三四岁，那可是猫类中的高龄。”

“嗯，是不小了，相当于人类的六七十岁了。”老院长点了点头说。

得到宠物医院院长的首肯，安妮开始变得健谈起来：“成天吃一成不变的猫粮，活得再久又有什么意思呢？刘咪咪爱吃黄油奶酪、鸡胸肉，我前些天一直给它吃金枪鱼，今天给它换换口味，看它爱不爱吃小黄鱼，这才叫生活。咪咪剔剔牙，对那些只吃猫粮的猫来说，都是一顿大餐。”谈到刘咪咪，安妮像换了一个人似的，满脸的兴奋，仿佛十二点一过，她就完成了一次变身。

蛋仔不屑地说：“哼，吃得比我都好，这还是只猫吗？”

安妮白了他一眼，转过身对我说：“老板，我用你做的小黄鱼喂咪咪，你不介意吧？”

“不介意。”我笑道，“在你眼里，刘咪咪应该比乔公子和蛋仔还有人情味的吧？”

“哼，那可是！”安妮又白了他俩一眼，三两口吃完盘中剩下的小黄鱼，急匆匆地起身结账道，“耽误了这么久，刘咪咪该发脾气了。”

乔公子不甘心地追问道：“安妮，你真的养猫吗？看上去真不像啊。”

“怎么不像？我每天晚上都抱着刘咪咪睡觉，难道你闻不见我身上一股猫味吗？”安妮说完，转身走了。留下蛋仔和乔公子两个人面面相觑，瞠目结舌。

我忍不住笑起来，原来安妮身上的味道不是香水味，也不是体香，而是来自一只叫做刘咪咪的猫的味道。

二

每天晚上，深爱食堂都会亮起灯光，像一艘航行在黑色海洋里的小船，让光怪陆离的都市人寻找到暂时的避风港。也许是我的厨艺特别符合刘咪咪的胃口，安妮每次来都必点小黄鱼。于是，我就跟他们一起，重复着每天反复上演的一幕，安妮的小黄鱼、乔公子的麻婆豆腐、蛋仔的肉蒸蛋、老院长的西红柿鸡蛋面……每个人都有固定的夜宵，固定的模式，不曾厌倦。当然，像安妮这样年轻、漂亮的女生经常出现在这样一个有着固定人物、固定时间的地方，不发生点儿什么似乎都说不过去。

今天晚上的安妮慢吞吞地翻着手边的杂志，手机一直放在旁边的桌子上，安安静静，不曾打扰这个食堂的平静。

“今天怎么不用限时了？十分钟？”我一边在厨房里收拾小黄鱼，一边和站在门口的安妮聊天。

“我换工作了。”安妮淡淡地说道。

“哦，原来是这样啊。”我心里忽然一松，动作的频率也慢了下来，抓起盆里的小黄鱼，一条条慢条斯理地收拾干净。

安妮忽然半开玩笑地说：“老板，昨天的小黄鱼是不是不新鲜啊，我家刘咪咪同学可是抗议了，都冲我发脾气了。”

“Hello kitty 发脾气，会变成老虎吗？”蛋仔嬉皮笑脸地插话道，却没有得到安妮的任何回应，哪怕只是一个白眼。

我摇了摇头说：“不会吧，我用的都是当天送来的鲜鱼。”

安妮不再说话了，安静地看着我炸鱼。我像往常一样，熟练地在鱼身上划了几刀，将盐均匀地抹在鱼身上，然后拎住小黄鱼的尾巴慢慢滑入油锅，一阵“刺啦”声，打破了原有的平静。片刻的工夫，四条小黄鱼已经整整齐齐地排列在锅里。我一手拿着铲子，一手轻轻地摇着油锅，火候差不多时，再用铲子快速一铲，焦黄灿烂的鱼身映入眼帘，香味也在整个食堂里弥漫开来。

“哎呀，好香啊！”蛋仔夸张地喊着。

乔公子也在一旁添油加醋地叫道：“这么好的手艺，咪咪还抗议？看来挑剔的毛病确实会遗传啊。”

“有其妈必有其猫。”我和安妮开着玩笑。

安妮眼睛盯着小黄鱼，用撒娇的语气不服气地反击道：“老板！你这是在为自己找理由！”

“安妮，你为什么换工作呢？你不是挺喜欢充实的生活吗？”

老院长忽然问了一个大家都比较关心的问题。

“嗯，是挺喜欢，但是……”安妮欲言又止，“原来的工作每天加班到后半夜我也就忍了，关键是要经常出差。养宠物的都知道出差是大忌，我不在谁照顾刘咪咪啊，咪咪一个人待时间长了会得抑郁症的，所以我想了想就换了份工作。”

“听说抑郁症都是闲出来的，要不你给它找个男朋友吧。”蛋仔说。

“你以为她和你一样荷尔蒙旺盛而且还有多动症啊。”安妮指着蛋仔在“好易购”节目里夸张的表演讽刺道。

蛋仔嘴皮子上丝毫不服软，接着道：“这你都看得出来啊，是看卦相吗？要不你再给刘咪咪找份工作，让它和你一样上班不就行了吗？”

“找工作？”安妮有些迷惑，“可刘咪咪只是一只猫啊。”

“哎哟，您还知道它只是只猫啊。”蛋仔故意夸张地叫道，着重强调了后半句。

安妮愣了一下，随即明白是着了蛋仔的道儿，气鼓鼓地“哼”了一声，竟然找不到话来反驳。就在我想着怎么去缓解气氛时，门开了，一个高高大大的男生冲着安妮的方向走了进来。“怎么这么久？”安妮娇嗔道。

男生把车钥匙随手丢在安妮旁边说：“这个破地方太难停车了，以后再也不来了。”

众人愣住了，短时间的面面相觑后，开始装作什么都没听到的样子，继续吃饭。安妮看了看我，似乎想从我的表情中寻找出什么让人忐忑的东西。不过对于这句话，我只是报以淡然，不管怎么说，我毕竟也算是个老江湖了。

安妮嗔怒道：“你这叫主观不努力，客观找原因。就你停车的技术，再给你两个车位都不够。”接着又对大家说，“抱歉啊各位，这是我男朋友，”

“哎哟，交了男朋友，小猫闻得出来，这可是会吃醋的哦。”老院长半开玩笑地和安妮打趣道。

安妮的男友却满不在乎地说：“您别逗了，一只畜生能懂什么。”

空气瞬间凝结了，一阵即将爆发的寒意在空中蔓延着。大家不由自主地把目光聚焦到安妮身上，这一刻我仿佛都能听到她心碎的声音。但安妮只是沉默着，脸上像挂了一层寒霜，片刻之后，她忽然抓起手边的外套和打包好的小黄鱼冲出食堂，剩下男友不知所以地愣在那里。

“追啊!”在乔公子的提醒下，男生才匆忙追出了食堂。

“完了，这下 Hello kitty 可是真的要变成老虎了。”蛋仔小声嘟哝着。

我看着两人在深夜里相继跑出的背影，忽然很想见见安妮的那只猫，那只叫做刘咪咪的每天都吃我做的小黄鱼的猫。

三

安妮又回到了夜晚的食堂，乔公子、蛋仔、老院长还有偶尔过来吃夜宵的食客都没有发生变化。食堂又恢复了原来的温馨和安静：老院长喜欢跟安妮谈谈小动物的养生之道；蛋仔还是会有很夸张的肢体动作和表情；乔公子依旧喜欢调侃，甚至偶尔和蛋仔斗斗嘴。

“哎，听说有观众打电话投诉你，说你肢体动作太大，他们都看不清模特身上的衣服了。”

“你懂什么，我这叫敬业，自从我去了那儿以后，他们的热线都快被打爆了。”蛋仔不服气地说。

“你读《演员的自我修养》了吗？”

“读你妹！”

安妮还是话不多，但只要聊到咪咪，还是会止不住地兴奋。只是谁都没有再见安妮带男生过来，或者和大家提起某个男生。

这天晚上，安妮安安静地吃完小黄鱼，意外地从包里拿出几张请柬散给大家。

乔公子眼尖嘴快，一下喊了出来：“哎哟，这是要结婚了吗？和谁啊？”

大家一下子“呼啦啦”地围了过来，看着大红色的请柬，系着可爱的蝴蝶结，喜庆而热烈，只是封面上却莫名其妙地印了一只猫。虽然有些不协调，但是想到安妮的爱好却也解释得通。封面装饰并不是重点，重点是安妮发放了请柬，每个人都为安妮要结婚这个消息感到兴奋。

蛋仔手快，一把抢过请柬，用舞台剧的音调大声地念着：“哥哥姐姐，叔叔阿姨，感谢各位在这段日子里的陪伴，在这春暖花开的季节里，我即将迎来我人生的第十四个生日……”

“安妮是白羊座的啊？真不像，你可没有白羊座的活泼。”乔公子嚷了起来。

“你才十四岁？长得也太着急了吧。”蛋仔停下来疑惑地打量着安妮。

“什么啊，我又没说是我，是我家咪咪过生日。咪咪马上要过十四岁生日了，我想办个聚会，你们能来吗？”说完，她环顾四周，等待着大家的答复。

蛋仔像一只泄了气的皮球，一下子没了最初的兴奋。他把请柬随手一扔：“我活了快三十年了，都没过过生日，一只猫还过生日。”

“那是你没有人疼，刘咪咪可不一样。你不来，还有其他人呢。”安妮充满期待地等待着大家的回答。

乔公子摆摆手：“我整个晚上都要工作，怕是没有时间。”

安妮又看向老院长，老院长抱歉地说：“我得先回去问问我们院里那群小动物有没有明天过生日的，怕档期安排不开。”

安妮最后又把目光看向了我，迎着她楚楚动人的眼神，我也只是淡淡地笑道：“食堂晚上得营业，我走不开。一会儿我多做点儿小黄鱼就当提前给它送生日礼物了。”

蛋仔忽然嚷道：“你偏心！我过生日的时候你怎么没送我礼物啊？”

“好好，今晚的肉蒸蛋免费，算是给你补上。”我笑着说。

安妮的表情有些失落。乔公子见状，好心地宽慰道：“安妮，别伤心，到那天我人到不了，但是咪咪的生日礼物肯定会送到的。”

虽然大家各忙各的事情，都不能抽身参加刘咪咪的生日聚会，但都一致表态，要给咪咪准备好礼物。只是，没想到，这礼物却再也没有机会送出去了。

城市的夜晚如亘古一般地深沉，这天晚上，安妮没有过来，我这心里空落落的，腌好的小黄鱼摆在那里，像无人欣赏的昙花。

“安妮怎么回事？”乔公子仿佛在自言自语，又仿佛在问别人。

“或许出差了吧。”蛋仔猜测着说。

正在座位上读报纸的老院长忽然招呼道：“来，你们看看这个。”

我走过去，看到报纸上刊登了一则寻猫启事，是安妮发的。大意是她家被小偷光顾了，猫不见了，望好心人看到后联系。虽然只是寥寥数语，但我能体会到安妮那种心碎欲裂的感觉。报纸上，咪咪的照片被压缩到了一个不起眼的角落，它睁着两只圆圆的眼睛，仿佛在打量着这个未知的世界。

我能想到在咪咪丢失的那个夜晚，安妮一定发疯般地找遍了这个城市所有能找的角落。她一个人走在空荡荡的路上，失魂落魄地叫着咪咪的名字，却得不到任何回应，只有路边昏黄的灯光，把她的影子拉得老长老长。

四

蛋仔认真地看着手中拿着的一页宣传单，走进食堂。

“蛋仔，不赶快吃饭，看什么呢？你自己就是做‘好易购’的难不成还想从宣传页上买点好东西？”乔公子调侃着。出乎意料，蛋仔只是看看他，没有接话，脸上现出了少有的严肃和疑惑。乔公子从蛋仔手里拿过宣传页，只是扫了一眼也愣住了：“都走丢了快一个月了，怎么还在找？”

老院长凑上来瞅了一眼，叹息了一声，摇着头走开了：“有时候人就是这么容易满足，一只猫就可相伴一生，那种感情会深到无可替代的地步。”

一个食客打趣道：“老院长，你今天说话怎么这么有哲理啊？”

老院长苦笑了一声，回道：“等你到我这个年纪，自然也会有这种感慨。”

就在这时，门开了，安妮无精打采地走了进来。食客们都不说话了，乔公子和蛋仔也闭上了嘴巴，大家都在小心翼翼地看着安妮的表情。片刻之后，还是蛋仔最先打破了沉默：“还没找到？”

“嗯。”

“你当时报警了吗？”

“报了。”安妮的眼圈又红了，“警察局说了，他们只帮忙找人，不负责找猫。”

乔公子惋惜地叹了一声，问：“现在怎么样，好点儿了没有？”

安妮轻轻地点了下头，抬起红肿的眼睛，看着周围关切的目光，说：“谢谢大家的关心。”说完又看向了我，“老板，我这次来想请你帮个忙。”

“你说，只要我能办到。”我回道。

“事到如今，我知道咪咪回不来了，而我也得接受这个现实，所以我想替咪咪办个追悼会，算是对我们这相伴十几年的一个交代。”安妮的声音有些哽咽。

“嗯，应该的。就在食堂里办吧，还需要准备点儿什么？”我点点头，又想了一下，“准备个小黄鱼全家桶吧，这是咪咪最爱吃的。”

安妮红肿着眼睛，平日里要强的她在此时柔弱得像只猫咪：“我能邀请你们吗？”

“嗯，我来。上次错过咪咪的生日就挺不好意思的，这次肯定来。”

“嗯，我也来。”

“把追悼会安排到午夜吧，这样我们就都有时间了。”乔公子难得的变得沉稳起来。

“蛋仔呢？”安妮有些不安地看着蛋仔——这个平日里总是和她顶嘴的男人。

蛋仔报以一个灿烂的笑脸：“肯定来啊。要是让我见着那个小偷，非得好好给他上一课，偷东西也就算了，临走还不知道帮人把门带上，真没职业素养。”一席话说得安妮破涕为笑。

在大家的帮助下，追悼会如期举行。几张桌子拼在一起，一圈蜡烛围满桌边，正中央放着一台投影仪，对着墙上挂的大幕布，一张又一张安妮和刘咪咪的合影在幕布上变换着，气氛温馨得不像是一场追悼会。

“刘咪咪，你来到这个世界上刚睁眼看到的就是我，我们一起生活了十四年。在大学宿舍我只能把你藏起来，有一次查寝我把你捂在被子里，差点闷死你。毕业后，我们一起住过地下室，地下室又湿又潮，还有蟑螂，每天晚上你都跟打仗似的帮我抓蟑螂。你陪我搬过无数次家，我们几乎住遍了杭州的东南西北。和前男友吵架，就因为我被推了一下，你比我还气，几乎挠花了前男友半张脸。夏天你会努力地拍死苍蝇，然后将苍蝇放在床上邀功，我真的是又气又笑。冬天我坐在沙发上看书晒太阳的时候，你会安静地坐在我的旁边，陪伴我。不管工作多忙多累，只要一回家，你都会在我腿边蹭着我的裤脚。咪咪，在这个孤独的城市里，是你给了我坚持下去的温暖，是你让我一直有着对待生活的勇气……”安妮念到这里，已经是泣不成声。此时此刻，我也终于明白，刘咪咪在安妮的心里是一个多么重要的角色了。有了这些经历，注定安妮无法忘怀。

乔公子有些动情，回头看看，蛋仔已是泪流满面。“蛋仔，你的鼻涕都已经流出来了，你的演技好浮夸啊。”蛋仔没有反驳乔公子，只是不停地揉着自己发红的眼眶。

参加追悼会的几个人都哭得七零八落，安妮的一番独白，似乎也说到了大家心灵的深处。偌大的城市，熙熙攘攘的人群，孤独却如影随形，始终潜藏在每个人的心里。在这一刻，面对刘咪咪，我们都是安妮。

也许人是该相信宿命的。某些东西注定会在某一时刻消失，而有些东西也会注定在某个时机出现，不管你有没有淡忘之前所喜爱的东西，该出现的还是会出现，并且改变你的生活。丢了刘咪咪的安妮，生活还在继续。蛋仔、乔公子、老院长和安妮已经成为了朋友，安妮不再像最开始出现时那样冷漠，开始变得爱笑、爱闹。肉蒸蛋、西红柿鸡蛋面已经成为这个食堂夜晚的主角，只是，安妮的菜谱里再也没有出现过小黄鱼。

“蛋仔，大家叫你‘蛋仔’是因为你喜欢吃肉蒸蛋吗？”安妮坐在背对着门口的位子，好奇地问蛋仔。

“不是吧，可能是因为他长得矮，像个鸡蛋。我说的对吧，老板？”乔公子开玩笑道。我未置可否，只是哈哈大笑。

“老板，你这有小黄鱼吗？”忽然一个陌生的声音传了过来，笑声戛然而止，大家都回过头去看说话的人。一个很阳光的男生正满脸微笑地回应着大家的目光，提着的宠物包中，一只黄白相间的小猫咪有些胆怯地叫着，“喵喵”声惹人怜爱。

“小黄鱼，有的，你要……”我迟疑着。

“给我来一份儿，另外，再来一份儿不加盐的成吗？我害怕小猫吃多了盐不好。”男生低声问道，唯恐我不愿意卖鱼给他的猫。

我转而笑了：“好嘞，你稍等，十分钟。”

男生报以一个感谢的笑容，又见安妮目不转睛地盯着他提着的猫，赶紧说道：“哦，我是刚搬到附近来的。这是我的猫——林咪咪，随我姓，哈哈。来，咪咪，姐姐在看你，快跟姐姐打声招呼。”

安妮笑了。我已经好久没有看见安妮这样笑过了，在很久以前——刘咪咪没有走丢的时候，安妮提到刘咪咪也会这样笑。只是这种笑容，随着刘咪咪的消失在安妮的生活中绝迹了太长的时间。

小黄鱼的香味在食堂里弥漫开来，林咪咪又“喵喵”叫了两声。我看着安妮的笑容，知道她肯定又想起了自己的猫咪，在短暂又漫长的人生里，那只猫在无数寂寥的深夜里给予过安妮安慰，让她不会因为时间久远，而忘记了爱与被爱的感觉。

油炸小黄鱼

原料 主料：小黄鱼若干
辅料：葱适量，姜末适量，盐适量，料酒适量，鸡精适量，面粉适量，鸡蛋一个

做法 1. 将超市买的冷冻小黄鱼常温解冻，去内脏，冲洗干净，沥干。
2. 将小黄鱼放入碗内，加适量盐、鸡精、料酒、葱花、姜末拌匀腌半个小时以上（中间翻动一两次，使之均匀入味）。
3. 另取一只干净的碗，倒入适量面粉，加入鸡蛋，适量盐和鸡精，加适量水，均匀搅拌。
4. 取出腌过的小黄鱼，将之逐一全身均匀蘸上面糊待用。
5. 在电饼铛中倒入适量油，油热（约七八成热）转中火，逐条放入小黄鱼，翻面，将两面都炸成金黄色捞出，装盘即可。

归去来兮

这个城市中，每天都有人离开，每天也都有新的面孔出现，有人来这里寻找新的发展机会，有人也会因为过大的压力和快节奏的生活而放弃。不管是谁，奋斗在这个城市中都有着自己的理由，哪怕最终的结局是离开，也是为了收获更好的幸福。

一

我喜欢牛奶在翻炒的米饭中飘出的香气，所以每个周末做牛奶蛋炒饭的时候我都有着满满的欢喜。从冰箱里取出米饭，放到大碗中，再把胡萝卜、洋葱、香肠切成碎丁。快速切菜的时候，菜刀和案板相碰都会发出叮叮当当的声音；打鸡蛋时，筷子与碗撞击叮叮当当清脆悦耳，这在我看来是世界上最动听的声音，是一个厨师最简单的快乐。我在热锅中把鸡蛋炒散，倒入米饭、蔬菜丁，翻炒几下后再倒入一小瓶纯牛奶，不到一分钟的工夫，牛奶的醇香便充斥着整个厨房。其实，加牛奶的蛋炒饭并不在深爱食堂的菜谱上，也不是食堂的特色菜品，最起码现在不是。把牛奶放入蛋炒饭中一起炒，是一对夫妇的特别要求，就连加进去的牛奶也是这对夫妇自己带来的。

我从来没有问过这对夫妇的姓名，因为这对深爱食堂来说并不重要，名字只是一个代号而已，我们暂且就叫他们“蛋炒饭夫妇”吧。

蛋炒饭夫妇看起来不到三十岁的样子，妻子长得很小巧，喜欢撒娇却在骨子里透出一种坚韧不拔的硬气，丈夫很少说话，不管妻子撒娇还是生气，总会“嘿嘿”一笑，表示并不在意。我把做好的蛋炒饭端给在食堂里等待的两人，每次总能得到对方的赞誉。

“好香啊，单独喝牛奶的时候觉得牛奶没这么香，怎么和蛋炒饭合在一起炒，牛奶和蛋炒饭就都这么香了呢？”丈夫深吸了一口气说。

妻子笑眯眯地看着丈夫：“快点吃吧，要不然赶不上火车了。”

“嗯，你也吃，多吃点。”丈夫嘿嘿笑着点点头。

“你们的牛奶在哪买的？这奶真不错，新鲜。”我把玩着手中的牛奶瓶，这是一个没有贴任何标签的玻璃瓶，造型简单，线条流畅，在灯光的映衬下有一种大气和典雅的感觉，也许越是简单的东西往往越能带给人深刻的印象。“闻着是纯正的奶香，很久都没有闻到这种味道了。”我拧下瓶子上的盖子，轻轻地嗅了几下。

“这是我们厂自己生产的牛奶。你要是喜欢，我以后可以多带几瓶来给你。”丈夫放下筷子，很认真地说。

“不用麻烦了。你们工厂在哪？”

“在这。”丈夫从背包里拿出一个宣传册，指着一片草原说，“这片草原可漂亮了，而且环境很好。这些都是还没有深加工的纯牛奶，我每次来杭州都会给她带几瓶过来。”

“他是牛奶厂的检验员呢，可厉害啦。”妻子有些小小的骄傲。

我继续翻看宣传册，那片广阔无垠的、绿油油的草原无意中让我产生了距离感。

“你工作的地方离这里不近啊。”我脱口而出。

“还行，晚上睡一觉，睁开眼就到了。再说，一想到能见到她就不觉得累了。”丈夫有些不好意思地说。

“哎哟，是谁说坐火车坐得腰都快断了的？”妻子撒娇地说，“我们结婚都快三年了，一年 52 个周末，到现在我们也只不过见了 120 次。他每个星期五坐火车来，星期天再坐火车回去，火车票都攒了这么厚一打了。”妻子用手比划着火车票的厚度，语气里不知道是撒娇还是不满。

“那你这样来回奔波多辛苦啊。为什么不调回杭州或者再重新换份工作呢？”我提议道。其实在想念的时候见到自己想见的人才是婚姻真正的意义，这样长期的奔波，大多数人是坚持不到最后的，有多少人、多少恋情败给了一个“等”字。

“我是学动植物科学的，大研究所进不去，小公司又没有太多工作机会，在奶牛场上班都是打破脑袋才挤进去的，所以只好先两地分居了。”丈夫苦恼地挠挠头，“在这里，我找不到合适的工作，总是感觉实现不了自己的价值。在这个城市也有一种强烈的陌生感，走在路上的时候都很茫然……”

“我们结婚的时候，他承诺过三年之内一定会申请调到杭州来，到时候会给我一个属于两人的家，再生个孩子，这样我们每天都会在一起。”妻子忍不住打断了丈夫的话，“可是现在，眼看三年就要过去了……”妻子委屈地低下了头。

我突然不知道该说什么，身为一个男人，我不能说男人的诺言是靠不住的，但是从最简单的层面来讲，喜欢一个人就是要和他（她）在一起，这是不变的真理。

丈夫摸了摸妻子的头，伸出胳膊把她揽进臂弯：“再等等，就快好了。”

“那个……你如果卖出牛奶会有销售奖金吗？”我突然很想帮他们一把，让两个相爱的人尽快在一起。爱情与亲情一样，都不能等到失去了才懂得珍惜。“把宣传册留在店里吧，再附上你的名片，现在很多人都在找无污染的奶源，如果店里的客人要订牛奶可以直接和你联系。”

“啊？真的可以吗？”丈夫很惊讶。

我认真地点点头。

某段时间，一篇很火的文章这样写道：张国荣对梅艳芳说，等到我们四十岁，若是你未嫁我未娶，我们就在一起。可是后来，张国荣在 2003 年 4 月 1 日坠楼身亡，梅艳芳在同年 12 月 30 日因肺功能衰竭病逝，她正好四十岁，却没有等到想要的婚姻……所以，不要说等待。在等待中，容颜会老去，青春会凋零，而在等待中，现实的无奈总会如影随形。指尖千年，沧海桑田都逃不过时间的流逝，更何况地球上两个人的承诺？作为局外人，我没有办法去评价他们现在是对是错。男人的老家在距离这里 1000 公里以外的大草原，他在那里的牛奶厂做检验员，而深深相爱的妻子却在举目无亲的杭州一个人打拼。身处两地，两人有着一样的心愿，那就是在杭州汇合，安一个属于自己的家。可是，现实却总是那么残酷，三年过去了，两个人的心愿遥遥无期。

从那以后，每个周日的晚上他们都会来吃一份儿加牛奶的蛋炒饭，然后依依惜别。丈夫坐上那列十一点零五分出发的火车奔向草原，再次留下妻子一个人在城市中等待。既然是相爱，为什么不能在一起？

二

乔公子、蛋仔，还有老院长边吃边聊。

乔公子无聊地翻着那对夫妇留下来的宣传册，“老板，你的饭马上要涨价吗？”乔公子一本正经地问。这话一出，蛋仔和老院长立马抬起头看着我，就好像饭菜一涨价他们就没有地方去了一样。

“没有啊？你为什么这么说？”我疑惑地看着乔公子。

“那你就是不缺钱喽，既然不缺钱为什么还要在店里卖牛奶啊？补贴家用吗？”乔公子笑嘻嘻地开着玩笑。

“哦，你说这个啊。”我松了口气，“这是帮朋友宣传的，你要是想要可以按名片上的电话订。”

“又不是你的，你这么上心干吗？”乔公子虽然嘴上满不在乎，还是不住地翻着宣传册。

“是他的就见鬼了，这是奶牛的。哞！”蛋仔一边说着，一边学了一声牛叫，食堂里的气氛顿时活跃起来。

“是那对经常来吃蛋炒饭的夫妇的吧？我看下宣传册。”老院长毕竟年龄大些，比起其他人要沉稳许多。

“嗯，看着两人挺不容易的，想帮一下。”

“可是，妻子为什么不能去丈夫的城市生活呢？”乔公子皱着眉头表达意见，仿佛对妻子的做法很是不满。

“如果不是生活所迫，没有哪对夫妻愿意分居两地。两个人也许有自己的难处吧。”老院长一边看着宣传册，一边说。突然，他转头对我说：“老板，你这里有他们的牛奶吗？我想尝一下，真不错的话就订一份儿。能帮就帮嘛。”

“我也要尝尝。”乔公子举手喊道。

“有。”我从冰箱里拿出蛋炒饭丈夫特地给我带来的牛奶，又拿了几个干净的杯子，给每个人倒了一些。

“味道真的不错，好久没有喝到这么新鲜纯正的牛奶了，很有小时候的味道。”老院长尝了一口，赞叹起来。

“别抢我的台词啊，这么像广告的话应该由我，一个专业演员来说。”蛋仔的表演欲望被激发出来了。他仰头喝下牛奶，夸张地举起空空如也的杯子，表情浮夸地说：“啊，好久都没有喝到这么新鲜纯正的牛奶了，很有小时候的味道……老板，再来一杯！”

“先擦掉你嘴上的奶再表演吧。”乔公子扔给蛋仔一张纸巾。

“还好意思说我，你看看你自己嘴上……哎，还有老院长，你虽然比我们大，但是胡子也不至于这么白啊！”蛋仔指指乔公子，又指指老院长。

“哈哈哈！”深爱食堂里再次发出哄笑声。

“突然很想认识一下那对夫妇呢，老板给我们介绍下吧。”

老院长说。

现在看来，把深爱食堂一直经营下去是对的。原本素不相识的人在这里变成了朋友，困难时互相帮助，闲暇时相互取乐闲聊，深爱食堂的饭菜说不上是最美味的，但也能满足每个人的口味，而且让大家百吃不厌。那么，爱情又怎么会不因此而慢慢滋生呢。

三

清晨，夜幕已经完结。这座城市和城市中的人们一起醒来，原本被夜幕掩盖的东西开始逐渐变得清晰。有时候觉得夜晚是一件很残酷的事情，灯光掩盖了城市不想被人看见的地方，也突出了城市可以强调的部分。是不是人的感情也是这样？夜幕之下，只看得见最美的时光，却忽视了凹凸的缺陷。

人们已经陆续开始起床了，而我一天的工作也要结束。打扫完食堂的卫生，我准备关门休息，蛋炒饭妻子却在这时进来了。“是去上班吗？”我诧异地问道。墙上的挂钟现在的时间是六点零五分，这个时间去上班，确实有点儿早。

“不是，我今天请了假，准备去看看这周围小区的房子，没想到来得太早了，想来你店里待会儿。”她环顾了一下，看到了我手上的钥匙，“要是麻烦就算了，你也该回家休息了。”她说着，便转身准备离开。

“不麻烦，进来坐会儿吧。”我欠了欠身子，让出一条靠近座位的路。她感激地笑笑，找了个最靠边的位子坐下。

回去也是一个人孤独的想念，倒不如在这聊会儿天。阿玲已经走了这么久，我有时候还是会害怕一个人独处，倒是忙碌的时候还可以暂时忘记。一闲下来，孤独和思念就像蔓草一样攀爬上来，所过之处，一片荒芜。

我在吧台后面坐下，开始泡茶。“吃过早饭了吗？”我问，顺手把沏好的茶倒出一杯放到她身边。

“吃过了。喝点儿这个吧，早上喝太多茶不好。”她从包里拿出一瓶牛奶，“给您倒点儿喝。”

我拿出杯子，看着她将牛奶一点点倒进去。初升的太阳透过玻璃窗将阳光洒在深爱食堂，安静、柔美，乳白色的液体缓缓流进杯子里，让这幅画美得更加不真实。我能想象她现在有多幸福：丈夫小心翼翼地将牛奶装瓶、封好、装进背包，他小心谨慎地抱着装牛奶的背包，生怕一不留神将瓶子打碎，然后踏上拥挤的火车，不远千里，他来了。只为见她一面，给她送上鲜美的牛奶。而妻子整整一个星期都会有牛奶的陪伴，在她眼里，这些白色的液体早已不仅仅是牛奶，而是丈夫源源不断的爱恋。睹物思人，每天都有他陪伴，即使思念也是幸福的。

“确实很好喝。”我喝了一口，她听见我的赞美，幸福之情更加明显。

“你要搬到这附近住吗？”我问。

“嗯，以后住这里就方便多了。”

“也是，这里离火车站近，你丈夫也不用那么赶时间了。”我点点头，表示赞同她的说法。

“哎呀，光顾着高兴了，忘了告诉你了，他公司要在咱们这开办事处，他申请了调职，这周末就要正式过来了。”她的眼睛闪着喜悦和兴奋的光芒。

“那恭喜你了。以前怎么没听你提起过？”

“我也是前天才知道，他打电话告诉我的时候，我还以为他喝多了，说醉话呢。”

“哈哈，是不是有种幸福来得太突然的感觉？”

“嗯。确实是这样。听说这个调职的名额很难弄呢，好多人都想要。”

我点点头，从大城市往小地方调肯定谁都不乐意去，但是从小城市往大城市奔，是好多人都向往的事情。来到这个城市之前，很多人都会对这个地方充满向往，仿佛这里财富遍地，理想、幸福都会触手可及，但是打拼了一段时间之后才会发现，努力不一定会成功，奋斗也不一定会有结果，除了挥之不去的乡愁和迷茫，很多人还是一无所有。

“有没有考虑过回去找他？那里的生活压力要小很多。”我试探性地问着。蛋仔、乔公子、英姿……大家都在这里奋斗着，同时也都在这个城市里迷茫着。

她摇摇头：“很难说。得到好东西难，放弃好东西更难。来到这个城市，见过世面就再也不想回到小乡村了。可能人都是这样吧，再说，他也挺想出来的，他还说过我是他的先行军，等我把这边的情况打探好了，他就过来。”

“嗯，可能这也是真理。”我想着蛋仔他们，也回顾着从深爱食堂里来来回回的过客，“不管怎么样，祝福你们苦尽甘来。”

“现在最棘手的问题就是房子，我之前一直是跟同事合租，他要是搬进来肯定不方便。所以我联系了几个出租一居室的房东，今天一口气都看了，争取能定下来一家。”她打起精神，又对未来充满了希望。

“需要帮忙的时候就告诉我，不要客气。”

“谢谢老板。”她抬头看了看时间，“跟您一聊天时间过得真快，我先去看房子了，您赶紧打烊休息吧。”说完，她转身离开了。

突然间，一个想法从我脑海闪过。“哎，等等。”我叫住了她，她转过身，疑惑地看着我。“周末过来吧，老时间，我给你们庆贺下。”我笑着说。

“好，谢谢。”她感激地笑笑离开了。

四

周末到了，不管认识还是不认识，大家对今晚的庆贺都有了许多的期待。

“两个人只要心在一起，怎么样都会聚在一起的。”老院长喝着小酒，由衷地赞叹着。

“虽然没有见过他们，但是听到这个消息还是很替他们高兴。”乔公子说。

“嗯，嗯，今天终于有机会认识下他们了。”蛋仔对他们的到来表现得很兴奋，“天啊，看见他们，我又相信爱情了。”

墙上的挂钟敲了十一下。这是在这个城市里很少见到的挂钟了，我从一家很小、很老的店里见到它，毫不犹豫地买了下来，从此它就在深爱食堂的墙上安了家，挂钟、装饰品合二为一。

“十一点了，他们差不多该来了。”我喃喃自语道。不知道为什么，我真的很想他们两人能在一起，能在这里安家，这种想法不是源于感情，而是源于对其他人爱情的向往。

话刚落音，门开了，蛋炒饭夫妇出现在门口。老院长他们看看门口并排站着的两人，又看看我，在向我寻找答案。我肯定地点点头。“哗”！食堂里响起热烈的掌声。

“欢迎加入‘深爱食堂’大家庭！”乔公子热情地喊道，“虽然以前没有见过，但是常听老板提起你们，以后搬过来离得近了，常来聚聚。”

丈夫有些尴尬地笑了，妻子则一脸的不高兴。

也许是看出了有问题，老院长赶紧出来打圆场：“谢谢您啊。喝了您留在店里的牛奶，仿佛又尝到了小时候的味道。我们小时候煮牛奶，整个房间里都是奶香味，喝的时候奶皮总是挂在嘴上……唉，真是怀念小时候的时光啊。”

“我也喝啦，味道真不错。”乔公子发表着自己的评论。

“要是你们爱喝的话，以后我每周多带点儿过来。”丈夫很实在地说道。

“不行，那太麻烦你了。”乔公子说。

“没事，顺路带过来，不耽误什么。”

“顺路？”大家一时都没反应过来。妻子则低下了头。

丈夫转身对我说：“老板，来份儿蛋炒饭，快点，我要赶火车。”

“好，可是你不是……”我思量着要不要把话说出来。

“搬过来生活的计划取消了。”丈夫有些失落地说。

妻子的眼圈红了。对于已经成为事实的失望，自己悄无声息地接受还是勉强可以承担，但是当这个消息从自己深爱的人嘴里说出来的时候还是无法接受。“他把调岗的名额让给别人了。”妻子低下头，声音变得哽咽起来。

“为什么要让给别人？好不容易拿到手的名额怎么就让给别人了呢？你不想回来吗？”乔公子质问道。那一刹那，我能感觉到有一团火苗正在乔公子头上燃烧。

“您别介意，他向来说话不经大脑。”老院长拉着乔公子的胳膊，仿佛他一松手，乔公子就会出重拳把眼前这个男人打伤。

“我说的是事实。难道你不知道你妻子有多么想让你回来吗？”乔公子火气依然未消。

“我同事的老婆怀孕了，需要他回来照顾。”丈夫低着头，用很小很小的声音说道。

一时间，食堂里安静极了，大家都不知道该如何去评价丈夫的做法。把机会让给更需要的人，这是一个男人在面对选择的时候善意的担当，但是，对于妻子而言，这个丈夫始终是不合格的。

“没怀孕的人就不需要照顾了吗？”妻子更加委屈了。

“那你以后该怎么办？”我担心地问道。

丈夫沉默着，什么都没有说。我开始有些同情这个妻子，她在婚姻之初相信了丈夫的诺言，相信了那个三年筑一个爱巢的美丽愿景。一等三年，100 多次目送丈夫在凌晨离开，100 多次依依不舍。现在，机会终于来了，而那个她深爱的丈夫却在关键时刻将机会让给了别人，希望成为泡影。他的伟大成了她的残忍。

安静，安静，还是安静。这么长的时间里，深爱食堂安静极了，一向爱说爱闹的蛋仔此刻也没有了声音。丈夫像之前每个周日一样准时地离开食堂去赶那趟开往草原的火车，背包离开的背影让我有些心酸。

一扇门隔开了丈夫的背影和妻子痛苦的表情，直到他的影子再也看不见了，她才放声痛哭。英姿走过去，拍着她的背表示安慰。这也许是此刻我们能做的唯一的事情了。

五

岁月是把杀猪刀，时间让许多人从陌生变得熟悉，也让许多人从熟悉变成陌路。深爱食堂的熟客没有变，他们陪着我见证周围人的喜怒哀乐、分分合合，也陪着深爱食堂又走过了二分之一的年轮。

送走最后一批客人，我开始准备将碗筷消毒。门“吱呀”一声开了。

“先坐吧，要吃点什么?”我一边洗碗一边说。

“老板，来两份儿蛋炒饭。”声音很熟悉，我转过身，熟悉的身影出现在眼前，是蛋炒饭夫妇。

“哦，好的。今天有些晚啊，怕是赶不上火车了。”我看了看表说。

“今晚不用赶火车了。”丈夫无奈地说。

“我明天一早跟他回老家办离婚手续。”妻子的眼睛里含着泪水。我心里一惊。看模样并非是两人之间有不可调和的矛盾，只是双方的眼睛都被暂时的迷雾遮挡了。

我接过丈夫递过来的牛奶转身进了厨房。五分钟后，蛋炒饭出锅了，两份儿普通的蛋炒饭，两杯新鲜的牛奶。我把他们的晚餐端上桌。两人看了一眼放在旁边的牛奶和没有奶香的蛋炒饭，谁都没有说话，开始低头吃饭。丈夫心不在焉地喝着牛奶，而妻子则装作满不在乎的样子吃着蛋炒饭。毕竟，下一步他们要做的是离婚，在这种情况下，一顿晚饭谁都不会放在心上。

“味道怎么样？”见两人吃得差不多了，我问道。

“吃过加牛奶的蛋炒饭之后才知道，这种普通的蛋炒饭是有多寡淡。”妻子说。

“1+1 大于 2，说的就是牛奶和蛋炒饭吧。”丈夫补充道。

“可是，牛奶和蛋炒饭一样都没有少，为什么味道会差距那么大呢？”我反问道。

“炒在一起和分开当然不一样了。加了牛奶的蛋炒饭，牛奶的香味全都跟蛋炒饭融合到一起了，奶香和蛋香包裹在米粒上，当然好吃。可是一分开就完全变了味道。”妻子解释说。

“对，确实是这样，这也说明好吃与否不是牛奶和蛋炒饭的问题，而是烹饪的方法。方法对了，美味就有了。既然是这么相配的两道食材，为什么要让它们分开呢，放在一起是最好的。”我端走了他们面前剩下的蛋炒饭和牛奶，回锅融合，在奶香四溢时端出了加了牛奶的蛋炒饭。看着眼前金灿灿、裹着奶香的蛋炒饭，夫妻二人的眼圈红了。

我不是煽情的人，我是一个老江湖，但是，同时，我也是一个厨师。在每天和食材打交道的日子里，我知道如何将普通的食材搭配在一起，用相生相克的原理去增加食物的美味。我相信，婚姻也是如此，两个不同的个体结合在一起，难免会有磕磕绊绊，但是，如果是两个对的人，他们是互补的，就像牛奶和蛋炒饭，放在一起炒就会达到1+1大于2的效果。

那对夫妻在吃完蛋炒饭后就走了，最后的结局我无法去推断，我也只是一个在这红尘里摸爬滚打的人。时间慢条斯理地往前推进着，不急不躁，亦不管不顾人间的悲苦。太阳每天依旧东升西落，我每天依旧打烊开张。日子，就这么一天天过去了。

“当”的一声轻响，我回头看去，老院长已经有些微醺，乔公子手边放着盛牛奶的玻璃杯。“味道大不如从前啊。”乔公子愤愤地说道。

“喝不到新鲜牛奶也不至于发脾气啊，还是喝酒吧。”老院长又举起了他的酒杯。

“我看你是被蛋炒饭夫妇的牛奶给惯的。”蛋仔说，“喝过好牛奶再喝以前的牛奶就觉得不好喝了，这是病啊，你得治。”

不知道为什么，这句话让我想起了蛋炒饭妻子，那次她来看房子时也这样说过，看来，事实确实如此：得到好东西难，放下好东西更难。“唉，不知道他们怎么样了。”我在心里默念着。

忽然，门开了，蛋炒饭夫妇出现在门口。丈夫怀里还抱着一个纸箱。我愣了一下，这也太意外了。

“好久不见。”妻子先开口了。

“好久不见。”其他人像是从梦里醒来一般，含含糊糊地打着招呼。

“给大家带了点儿礼物，都尝尝吧。”丈夫打开手里的纸箱，一瓶瓶摆放整齐的牛奶出现在眼前。

“真是想什么来什么啊，乔公子你可以去买彩票啦。”蛋仔兴奋地说。

“还是蛋炒饭吗？”我问道。

“对，像原来一样加牛奶的蛋炒饭。”丈夫还是一副憨憨的笑容，“谢谢您了，老板。”他意味深长地说。

“之前突然不告而别，让大家担心了，今晚我们请客，和大家好好聊聊。”妻子说。

“今晚不赶时间了？”老院长疑惑地问道。

“嗯，不赶时间了，以后都不用看着时间吃饭了。”妻子满脸兴奋，而丈夫更是一脸幸福。

我把飘着奶香的蛋炒饭端上桌。

“好熟悉的味道，终于可以大吃一顿了，老板，谢谢你。”妻子开始低头吃饭。

“你们搬过来了吗？”我问道。

“没有，我们回到老家的县城生活了。地方虽小，但发展很快，对我们来说也是机遇，而且方便照顾父母，不像原来一年才能见父母一两面。”丈夫看着妻子狼吞虎咽的模样，一脸的满足。

“真不错，就是以后见不到你们了。”乔公子有些惋惜。

“不会啊，我们会常来看大家的，老板，能不能再来一碗？”妻子说。

“哈哈，果然是人一开心，胃口就大开啊。以前吃那么少，现在都能‘再来一碗’了。”老院长打趣道。

妻子不好意思地摸摸肚子，笑了。妻子的举动，大开的胃口，还有丈夫溺爱的眼神，让大家有了种醍醐灌顶的感觉。

“恭喜恭喜啊！”蛋仔欣喜地问道，“几个月了？”

“四个月了。前一段时间一直不想吃东西，就是特别想吃老板做的蛋炒饭，非缠着他带我来了。”妻子的眼睛里有抑制不住的喜悦。她笑了笑，又看向了我，“还是得谢谢老板。以前是我们太固执，一心想在大城市生活，当这种想法被现实扼杀后便走向了极端。其实我们都忽略了一点，就是只要两个人能在一起，在哪里生活都是一样的。就像这蛋炒饭，不论饭碗多么粗糙，不论烹饪手法多么简单，只要让合适的食材随心所欲地在一起，一定会融合出最诱人的味道。”不知道是不是由于怀孕的缘故，妻子突然变得像个哲学家，也许是现实经历让他们觉悟了吧。

蛋炒饭夫妇走了，也许深爱食堂只是他们生命中的一个过客，而对于我，这里则是全部，这里承载了我和阿玲的全部回忆。

该打烊了，我又一次看着太阳从东方升起，阳光透过玻璃窗洒在食堂的地上。路人行色匆匆，有白天上班的人着急奔向单位也有刚下夜班的人着急回家。人都是要回家的，而所谓的“家”也只是代称，那里面有自己深爱的人才能称之为家。其实人就是这样，在哪里不重要，重要的是和谁在一起。门口传来快递员的声音，我签收，打开包裹，里面是码得整整齐齐的十瓶牛奶，还有一张一家三口的合影。

我会心地笑笑，伸手将照片贴在了食堂的墙上，从此，他们便和我，和深爱食堂一起见证着爱与美食的降临。

牛奶蛋炒饭

原料

主料：米饭一份，牛奶200毫升

辅料：鸡蛋，洋葱，香肠，青豆，胡萝卜，玉米粒，鸡汤半碗

做法

1. 先用电饭煲蒸熟米饭备用。
2. 洋葱、香肠、青豆、胡萝卜、玉米粒切小丁备用。
3. 热锅倒入橄榄油，放入洋葱爆热，加入各色蔬菜翻炒出香味后，放入米饭炒散。
4. 加入200毫升牛奶和半碗鸡汤，慢慢炒干，再加入适当的盐就可以出锅了。

为官

胡辣汤，又名糊辣汤，味道微辣，是大街小巷常见的早餐之一，不管出现在哪里，永远都带着一股浓郁的市井阡陌的气息，永远都是寻常百姓的心头好。

一

常来深爱食堂的客人以普通上班族为主：蛋仔，籍籍无名的小演员；乔公子，堂堂七尺男儿却是内衣设计师；老院长，小宠物医院的领导兼医生……大家都是最平常不过的上班族，用日复一日的辛劳换取在这个城市中艰辛的生存。

老王却是深爱食堂常客中最特殊的一个，老王是个官。没错，就是周星驰在电影《审死官》中说过的那种人：“哎哟，官呐？”每个城市都有一群手握大权的领导者们，老王就是其中一员。在这个虽然地方不大但却很繁华的城市里，老王当着一个不大不小的官，属于对上得点头哈腰，对下也得偶尔用用官威的那种。既然是领导，那手里也肯定掌握着一定的职权，虽然坊间有时也会流传出老王吃喝嫖赌，贪污受贿的说法，也许是空穴来风，也许是流言在摇篮里就已经被扼杀，不管怎样，这些都没有影响到老王的发展。老王有个女儿，相貌平平，才华平平，在一家业绩也平平的公司做小职员。像所有父亲一样，这个什么都平平的女儿是老王的心头肉。老王喜欢喝胡辣汤，最多的时候能一口气喝两碗。

去年冬天的一个晚上，喝得微醺的老王摇摇晃晃地来到食堂，要了一碗胡辣汤。作为一个领导，晚上出去应酬是常有的事儿，但是无论是请别人还是被别人请，老王很少有喝得这么醉的时候。

“少喝点酒吧。”我把胡辣汤放到他面前。

“没事，我闺女结婚了，我一高兴就多喝了两杯。”老王这次真的喝多了，说话的时候已经捋不直舌头，“说实话，我女儿长得平平常常的，能嫁给一个大学教授，我已经心满意足了。女婿家农村的，穷，但是没事，我有钱，我就这么一个闺女，不给她花给谁花，只要他能好好待我闺女，这就够了。老板，再来一碗胡辣汤。”老王含含糊糊地说着醉话。

“结婚是好事儿，祝贺祝贺。”我给老王端上第二碗胡辣汤。

“哎哟，有个有钱又有权的爹真好。”蛋仔看着肉蒸蛋感慨地说道，“爹是没得换了，我给这样的爹当女婿总成吧？少奋斗二十年啊。”蛋仔看着我，开玩笑地说。

“看你这出息。”我冲蛋仔白了一眼，对他美好的愿景泼了一盆凉水。

后来，老王的女儿女婿也陪他来喝过胡辣汤。女儿没什么亮点，不喜欢说笑，但是看得出来很能忍耐，是典型的传统妇女形象；女婿确实长得不错，仪表堂堂，老王在时满脸堆笑，老王出去上厕所时，就开始嫌弃深爱食堂，从饭菜没有特色，到食堂装饰简单，再到蛋仔吃饭吧唧嘴，没有一样逃得出他的批判。

蛋仔狠狠地瞪着他，估计他要是再说下去，挨一顿胖揍也不是没有可能的事。

我对蛋仔摆摆手，示意他不要冲动。打狗还得看主人，这句话说得一点儿没错。

老王进来了，女婿很殷勤地递上纸巾："爸，要不咱换个地方吃饭吧，我请您，不能总来这。"女婿小心翼翼地提着建议。

老王接过纸巾，象征性地擦擦手："不用，这挺好的。老板，三碗胡辣汤，三个烧饼。"老王对我喊道。

"小时候在北方经常喝这个，她很小就跟着我搬到这里，还没尝过胡辣汤是什么滋味呢。"老王指指女儿，脸上一副爱怜的表情。

我把胡辣汤端出厨房，给三人挨个摆上。氤氲的烟气缓缓升腾，掩映着三张不同表情的面孔。

"胡辣汤有营养，发汗，喝完感觉满身的血都开始流动，整个人都有了底气。"老王侧身对女儿说。

"爸，他评教授那事儿，你看是不是给校长说说？"女儿没有接父亲的茬，却小声地问了这么一句话。蛋仔冲我撇撇嘴。

背对着老王，我看不到老王的表情，只听到他大口大口地喝胡辣汤的声音。"喝吧，凉了就不好喝了。"很久之后，老王才冒出一句话来。

我在吧台后面，看着两位年轻人的表现。女婿端起碗，尝试性地喝了一口，随即皱起了眉头，他瞥了一眼正吃得兴致勃勃的老王，硬着头皮再次把碗送到嘴边。女儿很明显也喝不惯这又酸又辣的东西，也许和她平时喝惯的汤羹有着天壤之别，但是她还是坚持把汤喝完。一时间，食堂里安静下来，一家三口都没有说话，气氛开始有些尴尬。

很快，老王喝完了。他擦擦头上冒出来的汗珠说："走吧。"女婿像接到特赦令一样迅速放下了碗。老王站起身，瞅了一眼女婿碗里几乎没有动过的胡辣汤，忽然没头没尾地说了句："我会考虑的。"说完，老王自己先走了。女婿显然不满意这样的答复，黑着脸看着自己的妻子，妻子则低下了头。

他们走后，蛋仔很八卦地问我："你说，老王会答应他的要求吗？"

我摇摇头："不好说。"

三年，还有三年，老王就要退下来了，在退休之前能否平平安安地过渡下来，谁都不敢肯定。

二

厨房里的牛肉汤正冒着热气，我把肉丁倒进锅里，紧接着是黄花菜、红薯粉、花生、海带丝……主配料开始在锅里沸腾，我用力搅着锅里的浆水，力争让每一碗胡辣汤都做出最好的味道。

凌晨一点钟，蛋仔和老院长已经吃完夜宵准备回家了。

胡辣汤在早上吃最有味，就像老王常说的那句话，"喝完胡辣汤整个人都有底气。"我收拾着厨房，等着将做好的胡辣汤放入保温桶。就在这时，门开了，老王带着一大批人走了进来。习惯了在这个时间安静的深爱食堂，因为突然涌进的人群开始有些不安。

我从厨房探出头，观察着来人。老王脚步踉跄，眼袋松弛，两只眼睛布满了红红的血丝。其他人西装革履，躬腰站在老王身后，满脸堆笑，等待着领导的指示。

老王对我点点头。我回到厨房，锅里的胡辣汤刚刚做好。我舀出一碗放在托盘里，点上两滴香油，按老王的口味放上小葱和香菜。又拿出几个碗，将汤盛好，搁上香油和香菜，按照以往的经验，这群人现在是不会在乎碗里有什么的。

一个开发商模样的人和老王相对而坐，说："以您的酒量，不至于啊，咱认识这么久了，从没见您喝成这样。"

"失态了，请海涵，请海涵。"老王说。我把胡辣汤端到老王桌子旁边。

"领导您先喝。"还没有等我动手，挨着开发商坐的一个小跟班殷勤地把汤端到了老王面前。

"王处，您看那块地的事儿，还得求您给我们开张条子。"开发商恳求道。

"哎呀，这都是小事，改天去我办公室再说嘛。饭桌上怎么能谈工作啊，是不是啊，小张？"

"那是，那是。"开发商连声附和着，头点得像捣蒜一样。

老王坚持要在食堂休息一会儿，已经疲惫不堪的开发商带着跟班离开了，刚才还充满喧嚣的食堂瞬间安静下来，蛋仔和老院长不知道在什么时候也已经走了。

我又盛了一碗胡辣汤端到老王面前:“少喝点吧。”

老王端起碗喝了一口:“唉,心里有事,茶也醉人啊。”

我点点头:“需要帮忙吗?”我向他伸出援手,不是因为他是领导,而是因为一个喜欢不上档次的胡辣汤的老人,他应该是个有想法、有故事的人。

老王摇摇头:“算了,家丑不可外扬。”

我没有再问下去,我相信能忍受得了酸辣的人,也一定能扛过尘世的风浪。那天晚上,老王很晚才回去,我也不急着打烊,就在食堂一直陪着他。也是在那一晚,我听了很多关于老王的小时候的故事,知道了老王喜欢胡辣汤的原因,也明白了老王将女儿嫁给现在女婿的隐情。

老王说:“官场太复杂,我不想女儿以后担惊受怕。女婿在学校当老师,虽然没有当官那么风光,但是稳定。他们刚结婚,我就把女婿的户口迁到了城里,房子、车子也都是按他的喜好买的,我不图他别的,人本分,能好好疼我闺女就行。可是……唉……”老王有些止不住的悔意。

三

已经好几天没有看到老王了,不过这也很正常,一个手握实权的领导总是忙忙碌碌,日理万机。

又是一个接近黎明的凌晨,就在蛋仔和老院长争论鸡蛋怎么吃才最有营养时,老王推门进来了。他面色凝重,皱着眉头,一个“川”字在眉宇之间深深地镶嵌着。

见老王脸色不对，蛋仔冲着老院长吐吐舌头，开始低头吃饭，老院长则依旧慢悠悠地喝着小酒，看着老王的一举一动。

我没有和他寒暄，估计即使我打招呼，老王也不会回应。我把做好的胡辣汤放在老王面前。老王没有理会我询问的目光，捧起胡辣汤一口气喝完，好像碗里盛的不是又酸又辣又热的汤，而是一杯注满情感的烈酒。杯中的情感是什么？我想不明白。老王把空碗推到我面前，我努力从刚才的震惊中回过神儿，又端上一碗胡辣汤。

又是一饮而尽。第三碗同样如此。我瞅瞅蛋仔，他已经停止吃饭，像看魔术一样看着老王将三碗又热又辣又酸的汤一口气喝完。蛋仔倒吸着凉气，仿佛刚才那个大口喝胡辣汤的人是他。

三只空碗摞在一起，歪歪斜斜却屹立不倒，估计当年武松三碗不过冈也是如此吧。老王低头拿钱包，胡子和眉毛上都沾着薄薄的一层汗。抬头付钱，他眉宇之间的“川”字不见了，脸上红彤彤的像是体内有一团火在燃烧。老王推开椅子走出大门，背影毅然决然，与以前喝完酒来喝胡辣汤，醒酒后离开时的背影不同。自始至终，老王一句话也没说。

我低下头，一部手机在老王刚才坐过的位子上孤单地躺着。“老王把手机落下了。”我一边说，一边拿起手机冲出食堂。老王已经走远了，我喊了一声，老王没有回头，不知道是由于车水马龙的声音太吵听不见，还是有急事儿要去做。我将手机拿回食堂：“反正老王还会来喝胡辣汤，到时候再给他也行，或者一会儿他想起来就派人过来拿。”

“真是奇怪了，老王这是什么架势，不会是要出什么事儿了吧？”老院长有些顾虑。

“这是武松上景阳冈打虎的架势啊。”蛋仔比划着对老院长说，“你看那豪饮的姿势。”

“他一领导，不让别人下冈（岗）就不错了，他上什么冈啊。我总觉得要出什么事儿。”老院长忧心忡忡地看着我说。

被老院长一说，我的心也揪了起来。从进门的脸色凝重到整个过程的一言不发再到落下手机，这都不像老王平时的作风。想到手机，我低头看了看还在我手里握着的手机，顿时觉得它就像是潘多拉的魔盒，打开盖子不知道有什么东西会跳出来。

门外，天色越来越亮，黎明马上就要来了。

四

食堂刚开门，蛋仔就像打了鸡血一样活蹦乱跳地蹿进来。“遥控器，遥控器呢？”蛋仔在吧台上搜寻着。我找出遥控器打开了电视。“看新闻，看新闻，老王被抓了。”蛋仔把电视机调到了新闻频道。

经蛋仔一说，食堂里所有人都凑到电视机旁边。电视屏幕上，老王的照片被放到一角，主持人正在屏幕中间义正辞严地讲解着：“政府官员涉嫌故意伤人、贪污、滥用职权被起诉……”画面一转，老王在操场上打人的画面占据了整个屏幕，镜头有些摇晃，估计是用手机拍摄的。

我仔细辨认着被老王殴打的年轻人，“这不是他女婿吗？”

我问道。

老院长点点头："是他。怎么一家人在操场上打起来了？"

新闻结束了。再牛的人在这个时候也只是被短短几秒钟的介绍一带而过，与以往出现在电视上的老王相比，这次的老王多了些不一样的东西，嗯，也许是看着更接地气了。

"哎，还有贪污呀，是谁举报的啊？""老王手中也是有权力的，怎么没把这事儿压住呢？"大家七嘴八舌地纷纷议论着。

"厉害啊，真没有想到老王还这样有血气。"蛋仔赞叹着，"看他平时脾气挺温和的，想不到啊。"

"每个人都有自己的底线。红线之外，可以容忍你的挑衅和放肆，一旦触及到警戒线谁都会拼死一搏，也许是女婿知道了不该知道的事情。"老院长发着感慨。

"看到没有，我还是很有先见之明的，老王这就是过景阳冈的架势啊，酒后壮胆，哦，不，是胡辣汤后壮胆。"蛋仔有些得意自己当时的判断。

我没有接话，根据新闻报道，老王打人的那天就是他在食堂一口气喝完三碗胡辣汤的那天。老王来食堂喝完胡辣汤后就去了女婿上班的学校，把女婿单独约到了操场，在女婿没有防备的时候将他一顿胖揍。两人打架引来了大量学生围观，有人用手机拍了视频，然后传到网上，导致老王被调查，原来遮盖着的贪污之类的事情也随之浮出水面。我在头脑里按照自己的思路还原着事情的经过。

"不对，如果是被人举报，光是调查取证就得一段时间，怎么可能在这么短的时间里就宣判？"我推翻了自己的结论，莫非……头脑里闪过一个想法，我瞬间被自己的想法吓了一跳。“你说，老王是被人举报还是……”我试探地问老院长。

“不好说。”老院长边说边去翻当天的报纸，也许报纸里会有答案。

“老板，给我来份儿胡辣汤，我也要尝尝。”蛋仔大呼小叫地要喝胡辣汤。

我把原本给老王准备的胡辣汤端给蛋仔。我以为老王还是会像往常一样，在灯红酒绿的应酬之后来一碗胡辣汤解解酒，现在看来，老王以后都可能不会来了。蛋仔端起胡辣汤，想像老王一样来一次一饮而尽的豪迈。“噗”他将嘴里的胡辣汤吐了出来，“又酸又辣，这怎么喝啊。”蛋仔抬起脸，一脸无助地看着我。

看来，并不是每个人都能适应得了胡辣汤的味道，没有积攒的厚重底气和无畏态度的人是咽不下胡辣汤的酸和辣的。

五

老王被抓进去了，他的手机在深爱食堂迟迟没有人来拿走。这个曾经很是风光的家庭，现在成了被人指指点点的对象，老王的老伴受不了打击住进了医院，女儿女婿正在办离婚。在这个时候，没有人会想着老王还有手机落在深爱食堂，也许他们根本就不知道老王还有一个这样的手机。我打开手机，在通讯录中找到了老王女儿的号码。不管怎样，这是属于老王的东西，我们没有保存的权力。

老王的女儿来了，还是很温顺的样子，只是比上次憔悴了很多。我从吧台里拿出手机，轻轻推到她面前："这是你父亲忘在店里的。"

女儿呆呆地盯着手机："给我来碗胡辣汤吧。"她开口了，声音很轻，"我想好好尝尝是什么味道。"

我点点头，给她端上一碗胡辣汤。看着热气腾腾的胡辣汤，老王的女儿眼里有了泪水。她端起碗，眼泪开始一滴一滴滑落。"我爸是为了我才去打人的。那个王八蛋掌握了我爸一些负面消息就开始打我，经常夜不归宿。我不能过问，我只要问他就动手打人，我不敢反抗，怕真把他惹急了对我爸不利。"她哽咽着说。

"人不可貌相啊，平时看着挺老实的一个人怎么这么有心计。哎，你们还是不是一家人啊。"老院长有些愤愤不平。

"谁让他贪来着，最讨厌当官的了。"蛋仔小声嘟哝着。我给了他一个白眼。当然，我承认我也不喜欢贪官，这类人除了贪以外，吃喝嫖赌基本样样占全，更可恶的是喜欢作威作福。不过，对于老王，还是有些不一样的感情。

"那天他又打我，我实在受不了了就回到娘家。结果我爸找他谈的时候，他竟然威胁我爸，声称要把他送进监狱。那时我爸才知道他正是因为掌握了证据才敢下这样的狠手。"她叹了口气，"估计我爸是不想让我再受牵连，所以才去自首的。"

"自首！"我惊呆了。很少有官员会去举报自己，有些甚至在被爆料后还在坚持为自己找各种理由辩护。

"嗯，是自首。我妈说从那次他和那混蛋谈完后，我爸就把自己关在书房里不停地写东西、整理材料。最后一天我爸很早就起床了，没有人知道他去干什么了，后来就有消息说我爸在学校操场把那个人揍了。”

事情的经过在她的叙述下逐渐清晰：老王知道女儿因为自己受牵连，毅然决定放弃目前所有的一切，要给女儿一个正常的生活。那天早上他很早来到深爱食堂，一口气喝下三碗胡辣汤。胡辣汤所特有的辣、酸将这个北方汉子骨子里的血气激发出来，就像海参一样，在胡辣汤的作用下越发越大，越来越壮，迎风十尺，只为保护心爱的女儿，父亲举起并不惯用的拳头。当然他放弃了很多，令人羡慕的官位、苦心经营一辈子的名声……这些在别人和以前的自己看来是性命攸关的东西，在女儿受到威胁时变得一文不值。老院长说得对，每个人都有自己的底线，一旦触及到敏感区谁都会拼死一搏。老院长也说错了一点，老王揍自己的女婿不光是因为女婿抓住了自己的把柄，更是因为女儿受到了威胁。女儿，才是老王最大的“弱点”。

就像蛋仔说的那样，老王当时的确有种过景阳冈的架势，明知前面对自己而言是条不归路，还是毅然决然地踏上了征程，也许再混蛋的人都有自己要坚守的东西。现在再回想起那个背影，竟有了种“风萧萧兮易水寒”的悲壮，不对，这个背影对老王自己来说也有可能是种释然：女儿不会再次受到威胁，自己也不用再过提心吊胆的日子，“如释重负”诠释的就是这个意思。

我递了张纸巾给老王的女儿：“手机你先收着，等他出来给他吧。”

她点点头，打开手机，简单的桌面上有一段视频孤零零地等待着被打开。“闺女，相信你拿到手机的时候已经知道了全部真相。”她点开了视频，手机里传出老王的声音，食堂里安静极了，所有人的注意力都集中到了视频上。“我是一个不合格的父亲，不但没有保护好你，反而让你跟着我受牵连。我很后悔以前的所作所为，如果不是因为留下把柄，他也不会那样对你。说我故意伤人，我一点儿都不后悔，我就是觉得对不起你和你妈。唉，算是我自作自受吧！你要是不来看我，我也不会怨你，有这么个混蛋父亲，你一定很失望吧。闺女，你要好好地生活，爸爸只要你幸福。”

“比我还煽情。真是的！”蛋仔不知道什么时候进来了，站在一边狠狠地擦着眼泪，“老王，你演技好浮夸啊，等你出来咱俩现场比比。”蛋仔对着老王的手机说，好像老王能听得见、看得到一样。

老王的女儿女婿离婚了，女婿因为老王入狱，评教授的事儿东窗事发，被记了处分，退回到原来的职称，就连因为结婚而迁出农村的户口也再次被打回原籍。绝望的他想到复婚，却被老王的女儿一口拒绝。女儿继承了父亲的血液，看似柔弱、温和，骨子里却有一股不折不挠的韧劲。老王的老伴出院了，却留下了后遗症，腿脚不再灵活。女儿带着母亲搬离了原来的小区，在一个没有人认识她们的地方租了个一楼的房子，还带着小院，地方虽然不大，却被收拾得井井有条。天气好时，母亲会出来晒晒太阳，看看报纸。女儿说，等父亲出来，他们一家三口又能像小时候那样生活了，虽然清贫一些，但是一家人在一起是最幸福的。

胡辣汤成了深爱食堂的保留项目。在这个以南方人居多的城市里，这种北方特色并不是很受欢迎，但我还是将它列入菜谱，因为我知道，有一个懂它的人还会再来，以喝酒的架势一气豪饮三碗，然后抹抹嘴巴，对着我露出一个坦诚豪爽的笑容。

胡辣汤

原料 主料：粉条、面筋

辅料：山药、黄花菜、木耳、海带丝、牛肉丁等

做法 1. 红薯粉条、干黄花菜和干木耳分别用温水浸泡三十分钟，再用流动水洗净。将黄花菜切小段，木耳切细丝，熟牛肉切成截面肉片。

2. 面粉用少许水和成面团（软硬同饺子面），阴凉处醒三十分钟，再用水浸泡十分钟（整个面团都浸泡在水中）。

3. 中火烧热炒锅中的油，爆香干辣椒和大葱，放入牛肉片稍煸炒，加入水改大火煮沸后，加入花生米改小火同煮，约需煮二十五分钟。

4. 将洗好的面筋团分揪成约小拇指盖大小的小面筋，煮沸搅动后，再加入泡发的红薯粉条、切好的黄花菜和木耳丝。

5. 改大火将整锅汤汁煮沸，把洗面筋剩的面水倒入，再次沸腾时调入酱油、鸡精和白胡椒粉。继续煮三分钟后，盛入汤盆，淋上米醋（或香醋）和芝麻香油即可。

加班族

有时候我喜欢一个人静静地思考，然后不断追问自己：我们忙忙碌碌地生活到底是为了什么？实现自己所谓的价值？让家人拥有更好的物质生活条件？

一

初见荣光我吃了一惊。是的，这个男生有着和我当年一模一样的眼神：有些麻木，有些疲倦，但是更多的是对现状的不甘。他叫荣光，一个很老气的名字，也许在他成长的那个时代和环境，越是老气的名字也越发的背负着长辈的期望。在他的介绍里，自己是画图的，后来聊天才知道他的真实身份是隔壁房地产公司的平面设计师。

“老板，有红烧肉吗？”任谁都能听出来，荣光的语气里有着止不住的倦意。

“有，在这吃还是带走？”我问道，并准备下厨。

“两份儿，带走，一会儿还得加班呢。”

我回到厨房。早就炖好的红烧肉此刻正在锅里继续小火焖炖着，我计算着时间，在时间差不多时把肉盛出来准备打包。当我拎着打包好的红烧肉走出厨房时，荣光已经趴在桌子上睡着了。

老院长不知道什么时候也来了，正坐在他固定的座位上看着报纸。“这个年轻人怎么了?”见我出来，老院长放下手里的报纸，好奇地打听着。

“来打包的，可能是累了，先眯一会儿吧。”我不置可否地回答着老院长的问题，同时也在心里暗暗盘算着要不要叫醒荣光。在这么短的时间里就能睡着，除了累到要死的地步，只有一个原因，那就是——出现意外。作为一个已经尝到过亲人离去的痛苦的人，我没有办法再看着别人在我眼前离开，于是，我尝试去叫醒荣光。

“丁零零……”，还没等我走近，荣光放在桌子上的手机闹钟响了，他没有抬头，只是用手在桌子上摸索着，然后关上铃声。“老板，红烧肉好了吗?”荣光抬起惺忪的睡眼问道。

“已经打包好了，一共两份儿。”

“小伙子，做什么工作的?马上就十二点了还要加班啊。”老院长好奇地问。

“画图的。”荣光一边无奈地回答，一边付钱离开。

“现在的年轻人加班成了常态，不加班反而就不正常了。唉，也许他们到了我这个年纪，就会明白得失了吧!”老院长的话我在年轻的时候也听过不少，但是人就是如此，大道理谁都懂，只要没有什么事情发生，道理就永远只存在理论的层面，没有人会去真正在意这些理论上的东西。也许，荣光需要一次刻骨铭心的记忆，才能真正惊醒。

又是一个接近十二点的夜晚，蛋仔的肉蒸蛋、老院长的西红柿鸡蛋面像往常一样摆上了餐桌。大概是累坏了，蛋仔吃着肉燕蛋，一副狼吞虎咽的样子。

“蛋仔，你现在每天晚上加班到这么晚是为了什么？”老院长一边喝着小酒，一边问蛋仔，大有畅聊人生之意。

蛋仔仰起头，瞅着头上的灯，想了一会儿，然后摇了摇头说：“不知道。”其实，我们都知道蛋仔的想法，蛋仔想做一个成功的演员，但是按目前的情况来说，要达到这一点似乎有点儿遥不可及。蛋仔没有有权有势的爸爸，也没有家境殷实的背景，可以说是想坑爹而不得，他只是一个在大城市中奋斗的小人物而已。

那荣光呢？不知为什么我想到了他。是的，我们都是这个社会不起眼的小人物，包括老院长、包括荣光。没有人知道荣光每天拼命加班到底为了什么，也许他正在悄悄实现着自己的梦想。人都是有梦想的，但是，当这个梦想在别人看来有些不切实际时，与其说出来被人嘲笑，还不如藏在自己心中，在夜深人静时拿出来自己品尝。蛋仔就是如此。

“你说，这世间最奢侈的是什么？”老院长问蛋仔，也问我。我没说什么，只是哈哈一笑。

“是爱情。”蛋仔是受过伤的男人。

“是时间。”老院长说。

“我还以为你要说酒呢，哈哈。”蛋仔指着老院长面前的酒杯说。

“酒是挚爱，但不奢侈，时间才是奢侈品，可我们往往把最奢侈的东西浪费在最无聊的事情上。”不知道荣光听到这句话会作何感想。

“比如什么？”蛋仔追问。

“比如……比如对年轻人来说最为重要的工作。”老院长感慨万千，举起杯中酒一饮而尽。

时间已经到十二点三十分，我正怀疑荣光今晚是否会来时，门开了，荣光像往常一样带着一身疲倦慢慢地踱进来。

“荣光，加完班了？”老院长和荣光打着招呼。

“嗯，今天是加完了。”荣光疲惫地回应着老院长。

“老板，还有红烧肉吗？”荣光问道。

“有，这就给你做去。”我应声进了厨房。

“荣光，下班后就不要再想工作上的事了，来聊聊天放松下吧。”老院长见荣光一直盯着手机屏幕，忍不住劝道。

“我在买东西，想给爷爷买个足浴盆。”荣光说道，眼睛还不停地在手机屏幕上扫来扫去。

“哈哈，孝顺的孩子。”

“我小时候是跟着爷爷长大的，也是爷爷在一直支持我为自己的事业打拼。平时也想回家看看，就是没有时间啊。”提到爷爷，荣光脸上的表情逐渐被一种淡淡的忧伤所取代。

“来，别想那么多了，赶快吃点肉补补。”我给荣光端上香喷喷的红烧肉。

“嗯。”荣光拿起筷子，狠狠地夹了一大块放进嘴里，“不吃红烧肉，感觉明天都没有力气起床。”

荣光在大口地吃着他的红烧肉，老院长很悠闲地喝着他的小酒，而蛋仔则在一边发着呆。也许蛋仔和我考虑着同样的问题，算着已经有多久没有回家，没有看看最亲的人了。人都是这样，忙碌的时候盼着回家，可是回到家却有一种不适应感，仿佛那种快节奏的生活一旦停下来，我们就再也找不到自己，家里那种闲适和安逸，甚至会让自己有一种颓废的感觉。直到有一天，某些人离开了，你才会发现那种自己曾经反感的安逸是只有爱人和亲情才能产生的放松，也是这世间最最奢侈的东西。幸福要的是一种真实的感觉，而不是侃侃而谈时的倜傥和画饼充饥的允诺。不过，这种幸福的感觉荣光暂时是不会领略到了。25 次，我计算了一下荣光来吃红烧肉的次数，这个月荣光已经来吃过 25 次红烧肉，也就意味着这个月荣光已经加了 25 天班，每晚的红烧肉对于这个工作到疲惫不堪的年轻人来说，已经是最后的底线了。

既已疲惫，如此何谈享受幸福呢？

二

"尼玛！"蛋仔把手里的报纸重重地拍到桌子上。

一瞬间，食堂里面安静极了。老院长透过酒瓶底厚的眼镜片，不声不响地瞅着蛋仔。我走过去，捡起被扔在桌子上的报纸，一条黑体新闻赫然醒目地排在头条：关于我市商品房限购政策解除的通知。我明白蛋仔生气的原因了，限购后房价还没有降下来，限购禁令就被解除了，这就意味着在很长很长一段时间内，房价都有可能不会再下降了。

"别生气了，好像一限购你就能买得起房似的。"老院长劝道。

蛋仔愤愤地叫道："我就不信了，在这儿混了这么久，就连一套房子都买不起吗！哎，荣光不是在房地产公司上班吗？等他来了我问问他。"

"谁这么想我啊？"说着，荣光推门进来，"老板，老样子。"

"我！"蛋仔跳出来抢答，"跟你打听个事儿啊……你看看你那儿有没有我买得起的房子啊。"

"哎哟，蛋兄，看来你药不能停啊。"看来，荣光今天心情不错，"我在单位，用员工内部价都买不起，我估计就你手里那点儿钱，也就够买个厕所的吧。"

"哎，哎，别这么说，你们房子不是在郊区吗？市里买不起，我在郊区买还不行吗？"

"郊区！"荣光更乐了，"看来你确实是不了解市场啊。现在全城均价每平方米两万起，市中心一点儿都是三万到四万。我们郊区的房子都是独栋的别墅，起价千万，你要吗？"

"那……那还是等我成为明星再买吧，这个世界太梦幻了。"蛋仔失望地说。

"是梦幻。我们这些设计师年薪不到十万，每天西装革履，出入五星级的写字楼，设计、包装着上千万的名门豪宅，而现实是每天早上吃着 3 块 5 毛钱的煎饼果子，和各色各样的人一起挤着拥挤不堪的地铁，晚上回到住的地方也不过是和一群认识、不认识的人蜗居在一个小鸽子笼里。理想很丰满，现实很骨感啊！"荣光两眼盯着我端上来的红烧肉，"还是这个比较实际。"

蛋仔像泄了气的皮球，摆在面前的肉蒸蛋也没有了往日的吸引力。“咱买不起豪宅，过过眼瘾也行啊！哎，你那招人吗？我去你那兼职行不行？”一闪而过的灵感让蛋仔重新燃起希望。

“行啊，现在又开了几个楼盘，正在招文案。哎，你文采行不行啊？”

“我台词是全剧组最棒的，要不你考考我！”蛋仔信心满满地说。

“行啊。”荣光擦擦嘴，也来了兴致，“一个楼盘前面有个臭水沟，你看看怎么写。”

蛋仔挠挠头。

荣光笑着说：“这个就叫‘绝版水岸风光’。那楼盘里面有个小土包，你再想想怎么包装。”

蛋仔看看老院长，院长摇摇头，蛋仔转身瞅瞅我，我无能为力地向他耸耸肩。

“这叫‘依山而居，回归人性清新’。傻了吧，你还是做你的‘好易购’吧，那种不用脑子的工作比较适合你。”荣光低下头，开始大口大口地吃盘子里的红烧肉。

“这样都可以啊，这不是吹牛吗？还吹得这么大，就不怕把你刮飞了。”蛋仔有些不服气地嘟囔着。

“对啊，你给客户把饼画得越大，客户越满意。我今天加班改图，你知道客户怎么要求的吗？”蛋仔摇摇头。荣光接着说：“客户要求高端大气上档次，低调奢华有内涵，简约时尚国际范，时尚动感小清新！”

“这些根本就不在一个调子上，怎么做啊？”蛋仔有些不相信荣光的话。

“为了达到客户的要求，我前前后后改了十几遍稿子，结果你们猜怎么着?”

“怎么着?”

“客户最终选了第一稿。”荣光无奈地摊开了双手。

“那你现在什么心情?”蛋仔工作以来应该还没有碰到过这种情况，估计这种情况如果发生在他身上，蛋仔早就把那个客户打到满地找牙了。

“我感谢他啊。终于通过了，今晚的加班就可以结束了，最重要的是我得到了认可!”荣光的回答显然在蛋仔意料之外。

“他没事吧?”蛋仔回过头冲着我说。

“没事!”我肯定地回答。

荣光确实没事，他想要的东西蛋仔不会明白。在这个城市里，有一部分人像蛋仔一样，他们奋斗的目的只有一个，那就是有一套房子，有一个属于自己的家，然后安安稳稳地过一生。但是，荣光属于另外的那部分人，除了这些实际存在的东西，他们还想要一个听起来很虚幻，但是对他们而言却很重要的东西：人生价值。尽管，现在这些物质的东西对他们而言都是极大的讽刺。看着一幢幢大楼拔地而起，看着自己设计的方案一次次被执行，最后却只能看着钥匙交到一个个陌生人的手中，偌大一个城市始终没有一间完全属于自己的房子。

对于蛋仔这样大部分的年轻人来讲，在一座原本不属于自己的城市里辛辛苦苦打拼十几年，也许只是刚刚够付一套房的首付，一转身“房奴”这个称号被背在身上，然后再辛苦喘息十几年。生存都如此艰难，又何从谈起人生价值呢？人总得先生存，后生活。这是蛋仔的人生，也是这个城市中大部分的人的最终归宿。

三

时间像是松树上的琥珀，滴落下来锁住我们的欢笑、眼泪，也封住了我们对过往的回忆。多少相爱、怀念的人都只能在回忆中相见，也许这就是命运，沉默了爱情，也无言了亲情。食堂没有人的时候，我会擦拭吧台后面的照片，里面的一些照片记录了我和阿玲的点点滴滴。正如当年三毛悼念荷西一样：埋下去的，是你，也是我。走了的，是我们。

“老板，我能进来坐会儿吗？”荣光的声音把我从回忆中拉了出来。

“哦，当然。今天不加班吗？”我将手边的茶倒出一杯推到荣光旁边。

“加班。办公室太闷了，出来透透气。”荣光没有看我，他端起茶杯，把玩着。

“抽空回趟家吧，就当给自己放个假。”荣光在这个时候出现在食堂，肯定不是单纯来找我聊天，此时的他感觉就像是只一直在努力飞翔的小鸟，结果一阵大风吹来，“啪”的一声就落在地上。

“哪有时间，还有好多工作没有做呢。虽然这一轮提案刚刚被淘汰……其实，淘汰也没什么，早就知道是去陪标的，但就是有些不甘心。”荣光将杯里的茶一饮而尽，如同饮酒。也许他把杯里的茶当成了药，想着把药喝到肚子里，所有的不甘心就能挽回。

“不甘心是好事啊，不甘心才有动力。”我给荣光的茶杯续满茶。其实我也不知道这样说对不对，因为好多事情，不是你不甘心、你努力就能做到，就能完成的，不可阻挡的外力永远占据大部分因素。

“最近老是在半夜醒过来，醒来后就望着黑漆漆的天花板发愣。医生说是因为压力太大导致失眠，劝我休息下。”

“你是该休息一下了。”我赞成医生的说法。压力大，失眠，然后加剧压力，再继续失眠，这将是一个没有尽头的恶性循环。

“我不能休息啊，还有工作呢。可是……老板，我也不知道现在一天天工作的意义到底是什么。”荣光痛苦地摇了摇头，这些话好像根本就不是说给我听的，而是喃喃自语。“每天忙于包装这些莫名的繁华，说着言不由衷的话，对着客户赔着笑脸，装着孙子。一天天加班，好像只有加班才能证明我工作了、我努力了，可是这种努力真的有用吗？说实话，有时候加班只是为了缓解自己的焦虑而已。唉!”

其实，我挺理解荣光现在的心情的，有时候加班并不是单纯地为了要完成工作，而是在演一场戏，一场给自己的戏。告诉自己：我在努力，我正朝着梦想前进，只有这样才能让自己有继续工作下去的动力。哪怕有一天，你失败了，这也可以成为安慰自己的理由，你可以无愧地告诉身边人，我努力过了。但是，真正的心情又有谁能懂呢？那句“结果不重要，重要的是过程”，只是在安慰那些失败的人罢了。我们内心渴望的还是成功。

墙上挂钟的指针在缓缓地走动着，我起身开始准备做饭。

“老板，要提前准备红烧肉吗?”荣光抬起头，开始关注我的存在。

“对。”我系上围裙，“红烧肉通常要炖三四个小时，所以得提前炖上。”

“今天让我做一次吧，小时候爷爷教过我，只是后来工作太忙，很少做了。唉，辜负了美味的红烧肉啊!”荣光咧开嘴，无声地笑了笑。

“没有辜负爷爷的爱和期望就好，希望你这么做是值得的。”我接过荣光脱下的西装外套，笑着和他调侃。有时候，我们经常问某些事值不值得做，事实上，不用问是不是值得，只需要问一句：这对你来说，是不是犹如珍宝。

荣光热水、将肉块焯水、切葱姜、放入肉和酱油、盖上锅盖炖焖，一切过程缓慢但是有序。

站在操作台前，荣光有些失神：“我小时候家里穷，难得吃肉，兄弟姐妹又多，每次炖一锅红烧肉，刚端上桌就被抢光了。”荣光静静地回忆往事，也许他只是需要一个倾诉对象。“有一次，我没有抢到肉，急得哭了，爷爷把我叫到一边，偷偷地拿出他藏的一碗红烧肉给我，从那时候起，我就觉得红烧肉是世界上最好吃的东西。”也许是水放少了，有股淡淡的糊味。荣光连忙打开锅盖，加水，回过头对我笑笑：“抱歉，好久不做红烧肉了。”

“没事。”我喝口茶，继续听着荣光的故事。

“家里都劝我回家算了，有车有房，还不用那么累，也就是生活单调些。只有爷爷一个人支持我，他说，年轻人还是要趁着有干劲儿去外面的世界闯闯。去年过年回家，爷爷问我房地产设计师是干吗的，我说是帮助卖房子的，爷爷就说，那你好好干啊，以后给爷爷买大房子住。”荣光叹了口气，“爷爷这两年的身体越来越差，我都不知道他能不能等到我买大房子的那一天。”

这个涉世已深的年轻人，或许开始明白了，世间没有什么是经得起等待的。等一年，不管你当初多么坚强，不期而至的泪水、雨水就会淹没来时的路，我们将再也找不到正确的方向；等两年，彼此的生命中开始有人不断进进出出，那些原本既定的行程开始歪曲，就像书里写的那样“生命将写满错别字，看不见华美的封面”。

四

已经好几天没看见荣光了，做好的红烧肉都是他的同事替他打包带走。“有个新项目，荣光一个人顶着呢，他已经有好几个晚上是在办公室过的了。”荣光的同事说道，语气里夹杂着羡慕。

一周过去了，荣光还是没有出现。每次问到，他的同事都会叹一声：“加班呢。”

老院长看着报纸，轻轻地评判道：“没完没了的加班啊！”

又过了一周，正当大家都快把荣光淡忘了的时候，他出现了。

“大设计师来啦，来这边坐。”蛋仔热情地招呼着荣光。

“老板，来份儿红烧肉。”荣光在蛋仔旁边坐下。

“好久没来，你可是又瘦了，还在加班吗?”老院长关心地问。

“嗯，刚忙完一个新项目，明天提案，后天培训，接下来一周都会很忙。所以来吃个红烧肉，给自己加个油。”荣光有些兴奋，眼睛里像是有火苗在一点点跳动。

“我们看好你哟。”蛋仔做了一个夸张的表情，荣光开心地笑起来。不知道为什么，荣光笑的时候我总是会想起他做红烧肉时失神自语的样子。

我给荣光端上红烧肉：“实在太累，就换个工作吧。”看着他每天这样辛苦，我都感觉有些受不了了。

“不行，这个项目是我自己向老板争取来的。我要的是一个证明自己价值的机会，所以整个项目从头到尾都是我自己独立完成。如果这次能成功，就有机会晋级为设计总监，连薪水都会翻一倍。”提到未来的愿景，荣光更加兴奋了。这个时候你对他说什么都是没有用的，就像《霸王别姬》中段小楼对程蝶衣说的那样：不疯魔不成活。

荣光大口吃着红烧肉，在他眼里，未来就像是一幅画卷，正在绚丽多彩地展开。就在这时，他的手机忽然响了：“主人，那家伙又来电话啦……”荣光看了我们一眼，尴尬地笑了笑，随后接起了电话：“喂，爸，嗯，我正吃饭呢……”说着说着，荣光的眼神忽然黯淡下来，音调也跟着变了，“好，我知道了……”直到对方已经挂了电话，荣光还举着手机发愣，里面传出了“嘟嘟”的忙音。

“荣光，怎么了？”蛋仔小心翼翼地问。

“爷爷去世了。”荣光面如死灰地吐出一句话。我们都愣住了，一时都不知道该怎么说话，连最基本的安慰都忘了。大家只知道荣光的爷爷这两年身体不好，但是从来没有听荣光说起爷爷病重的消息。“我爸说，爷爷在病重的那几天，为了不影响我的工作，不让家里通知我。现在家里已经在操办葬礼了，让我完成工作后再回去，葬礼上有没有我都一样。我爸很生气，说爷爷白疼我这么大，一年都不知道回家看看。”荣光强忍着眼里的泪水。

我们总以为还会有大把的时间去陪我们的爱人、我们的亲人，事实证明，当我们觉得可以静下心来，有时间去陪他们的时候，却发现一切已经不再是最初的模样，一些人甚至早已离我们而去。我们没有办法阻止一个人的逝去，事实上，连我们因为逝去所产生的伤痛也会随着时间慢慢稀释。那些最初的悲痛欲绝，都只存在于最初，因为你会发现，这些痛不欲生都改变不了什么。这是最残忍的地方。你还得继续生活，继续上下班，继续吃饭睡觉，可能一开始会很难，但是这些慢慢都会趋于平静，平静得好像一切从来都没有发生过。

我闭上眼睛，心在轻轻地颤抖。对于荣光之痛，我有着切身的体会。不要以为你的规划可以左右其他人，让你爱的人在你的时间轨道上行进，生命有涯，等待无期。所以当你身边还有人等着你去爱的时候，请不要吝啬你的时间和感情，你现在忽略掉的东西，也许会是你以后永远都无法弥补的伤痛。

……

时间已经过了一点，老院长、蛋仔还有其他食客都陆陆续续地回家了。荣光还没有来。我计算着时间，今晚是荣光提交方案的日子，不管方案成功还是失败，他都应该会来。

门被拉开了，荣光终于一脸憔悴地走进我的视线。“老板，老样子。”他依旧有气无力地说。

“好的，你先休息一会儿。”我转身进厨房，将特意为荣光留下的红烧肉端上桌。

荣光呆呆地坐在那里，看着桌子上的红烧肉，一言不发。此刻，方案成功与否都已经不重要了，那个在他心里最重要的人已经永远地离他而去，是的，那个人真的已经不存在了，永远都不会再回来。我在荣光对面坐下，不知道该如何安慰他。看着他哭红的双眼，大颗大颗的眼泪夺眶而出，以泪洗面大概就是如此。荣光夹起盘中的红烧肉大块大块地往嘴里塞，一边咀嚼一边哭泣。

人是一种很奇怪的动物，我们在自己的人生道路上行走，用尽各种方法去证明自己的价值，小部分是为了告诉自己：我可以；绝大部分却是为了向他人宣告自己的实力，获得别人的赞赏。但是，在最需要你的人面前，你却永远是一副忙碌的模样，甚至连打个电话、发个短信都是一种奢侈。在外打拼的人，一路向前，再回头时却早已忘了奋斗的初衷。所以，不管你是不是加班族，当还有机会说再见的时候，请一定要好好告别。

红烧肉

原料 主料：五花肉
辅料：糖，大料，味精，葱，姜，蒜

做法 1. 将肉切成麻将大小的方块，放到锅里煮五分钟后将肉取出，用凉水冲净盛盘待用。
2. 锅里放少许底油，随后在油里加糖，并用勺子快速搅拌。待糖化开变红冒泡，再放水，搅匀后把汁盛入碗中待用。
3. 放油炒肉块，加入酱油、精盐、白糖、葱片、姜片、八角、香叶调味，翻炒一分钟后倒入汤汁，改小火焖一个半小时即成。

活了这么久，总有些事，你不愿再提；总有些人，你不愿再见。滚滚红尘，多少过客，无论发生纠葛，还是擦身而过，一瞬间都成过眼云烟。在这样的尘世中，能遇到另一个爱我、懂我的人，是何等幸运，又是何等艰难。

一

在我的眼中，慕容晓晓有多重身份。一、深爱食堂的熟客。二、白骨精——白领，骨干，精英。三、加班狂人。四、资深剩女。前面三重身份都是褒义，或者是不褒不贬的中性词，最后一个身份，放在当前特定的社会历史时期，却饱含着一丝酸楚的嘲讽味道。这是社会的悲哀，这是时代的悲剧……哦，不，不能啥事都赖社会，凡事都要从我们自身上找找原因。

这天晚上，我们几个就围坐在一起，针对慕容晓晓这个“剩女”的问题，展开了一场研讨会。

蛋仔放下了手里吃了一半的肉燕蛋，首先发言：“晓晓，剩女啥的一点儿都不可怕。你看，哥还单着呢，你跟哥得了。”英姿背过身去，做呕吐状。

晓晓摇了摇头，极其郑重地说：“蛋仔哥，你太帅了，找一个你这样的，我不放心。”

“哦，说的也是啊。”蛋仔摸着自己的下巴，有些忧伤地说，“我这样的男人，确实不能给女孩子安全感。没办法，这张脸是天生的。”若不是我加以阻止，乔公子几乎就要跳起来给予蛋仔致命一击了。

老院长思索片刻，说道：“我从报纸上看到，根据这几年的数据统计，男性人数的比例已经大大超过了女性。按照这个逻辑来说，应该是剩男比较多啊，可现实情况却恰恰相反。晓晓，是不是像你们这样的精英女性，对于男性的要求都太高了？”

“真的不高啊，我对于男人没什么要求。什么车啊、房啊、家庭背景啊，我真的什么都不在乎。车子我可以自己买，房子我也有能力付首付，然后慢慢还，这些都不是事儿。我对男人的要求就两点：懂我、爱我，就足够了。如果能遇到这样的人，我愿意抛弃一切，跟他到天涯海角。”

“晓晓姐，好浪漫哦。”英姿双手合十，眼中流动着艳羡的目光。

“说起来是挺浪漫的。”晓晓苦笑一声，“英姿，等你到了我这个年龄，就会明白理想和现实之间的差距了。从两年前开始，父母就不停地催促我相亲，托熟人和亲戚给我介绍了一个又一个对象，没一个靠谱的。唉，到了我这个年龄阶段，才深刻地明白了一句话：家有一老，如有一鸨啊！”

“晓晓姐，你说得也太可怕了吧，都让我对未来的生活失去信心了。”英姿担心地说。

晓晓笑道：“英姿你还年轻呢，不急，到我这个尴尬境地还有好长时间呢。”

“年轻什么啊，我就比晓晓姐小三岁而已。”

“三岁。”晓晓叹了一口气，“到了现在这个年龄阶段，每半年都是一个坎儿啊。”晓晓皱起眉头，一副哀怨的样子，更凸显了她的剩女气质。按说晓晓的条件并不差，一般城市水平来说，还属于中等偏上的——她在本地的一家传媒集团公司任中层领导，这个年龄就能达到这种层次，可以说是事业有成，前途无量。但职场得意，情场失意，老天偏偏不眷顾她的情感，如今还孑然一身。晓晓忽然看向了我：“老板，你能不能帮我一个忙？”

我说：“没问题，只要我能做到的。”

她迟疑了一下，说：“我母亲托朋友又给我介绍了一个对象，本来我不想见，但母亲执意要让我见一下。我想把见面的地点安排在这里。”

“没问题啊。”我问道，“对方是什么情况？”

“据说是搞房地产的，比较有钱，市区里光别墅就有三套。他是离异的，身边还带着个孩子。”

“哎呀，大老板啊！”乔公子夸张地叫道，“晓晓，抓住机会哦！嫁给这样的人，等于少奋斗三十年啊！”

晓晓白了他一眼：“我才不想去给人家当后妈呢。”

我说：“好，你就把相亲的地方安排在这里吧，到时候我给你做几个拿手的小菜。只不过，我就担心人家大老板，来这种小店不太习惯。”

“有钱怎么啦？有钱也是娘生爹养吃五谷杂粮长大的！”晓晓不屑地“哼”了一声，“我从来就不觉得那些有钱的主比咱们强多少。尤其是那些所谓的‘成功人士’，一个个看上去人模狗样的，其实能有多少真本事？能赚多少钱，跟智商无关，大部分都是运气使然，再加上一点儿心黑手辣和不要脸，这就成了。你让爱因斯坦去做生意，说不定连裤衩都能赔掉呢！”

这一番话让我们几个拍手称快，真是让广大无产阶级吐了一口恶气。我说：“晓晓，就冲你这话，你说吧，相亲那天你想吃点儿什么，我一定用尽全身解数给你做出来！”

“其实，吃什么并不重要，我是想让老板帮我这样一个忙……”晓晓顿了一下，犹犹豫豫地说，“老板，明天相亲，你上菜的时候能不能装作不小心把菜汤洒在对方的身上？我想看看对方是什么反应。”

“这个，也太……”我犹豫道。

“没关系的，老板，如果对方要求什么赔偿损失的话，我替你出！”晓晓急道。

“不是这个意思。我是说，你想通过这种办法观察一个人的行为品性，有意义吗？”

“怎么没意义啊！一叶落知天下秋，我这是见微知著。要知道，婚姻可是一辈子的大事儿，我才不想马马虎虎地找个人就算了呢。老板，你说嘛，到底帮不帮我这个忙？”

“好吧。”我叹了口气，“我帮你就是了。”

二

第二天晚上，晓晓加完班，直接来了深爱食堂。与之前不同的是，她今天特地打扮了一下，米黄色的风衣大气得体，头发轻轻松松地披散下来，让她的知性气质里面又增添了一份妩媚。

乔公子忍不住朝她伸出了大拇指："晓晓姐，Nice!"

晓晓莞尔一笑，经过我身边的时候柔声说道："老板，别忘了咱们的约定哦。"

我苦笑道："记着呢，放心吧。"

大约九点半左右，一个看模样四五十岁的中年男人推开食堂门，左右看了一下，犹豫了片刻之后，慢慢走了进来。他穿着考究，一身得体的名牌西服显然价格不菲，皮鞋擦得锃亮，跟领带的颜色形成了很好的呼应，身形微胖，略有些谢顶，从头到脚都散发着一股"成功人士"的气息。从他推门而入的那一刻起，我就感到食堂里风格一下子被打乱了，就像有人拿了一块砖头狠狠地砸进了平静的湖水里。

男人拿出手绢，在椅子背上擦了擦，才小心翼翼地坐在晓晓的对面，然后伸出手说："你好，你是慕容晓晓吧，我见过你的照片，没想到真人比照片更漂亮。"

晓晓礼貌地跟他握了握手："您好，您就是江总吧。"

"哎，别叫我江总。"男人挥挥手说，"叫我江大民就成。要不然，就叫我大民哥。"

"呵呵，我还是叫您江总吧，这种称呼我还习惯点儿。"

"行，随你吧。"江大民又扫视了一圈小小的食堂，皱眉道，"晓晓，你怎么选在这种地方见面呢？也太那个了吧……"

"我这不是刚加完班吗？就约您来这儿，顺道吃个夜宵。"

“哎呀，这个点儿夜宵应该吃西餐嘛。走，我带你去吃牛排去，我知道一家西餐厅，最近刚进口了一批顶级的和牛肉，真不错。走，我车就在外边停着呢。”

江大民说着就去拉晓晓的手，晓晓下意识地往回一缩，讪笑道：“江总，我不习惯吃西餐的，尤其是吃不惯牛肉。就在这里吃吧，这里的菜做得挺对我口味的。”

“哦，这样啊，那好吧。”江大民只得点点头，“你想吃什么，我来点。”

“都已经点过了。”这是一个信号，一个示意我上菜的信号。表演时间到，我深吸一口气，把一盘风味地三鲜端了过去。

在快要放到桌子上的时候，我假装脚下一滑，然后夸张地“哎哟”一声，手里的盘子一歪，两块土豆和一些菜汤就洒在了江大民的身上。我暗道糟了，这动作也太生硬了，连我自己都觉得假。我用余光瞥到旁边的蛋仔好像还用手捂住了嘴巴，貌似差点笑出声来。我心道完了，这江大民肯定能看出来我们是串通好了的。

“你干什么！怎么端的菜！你这是怎么搞的！”出乎我意料的是，江大民竟然暴跳如雷，立刻从身上掏出手绢擦拭着衣服上的污渍，丝毫没有注意到我浮夸的演技。

“对不起啊，实在对不起，刚才脚下一滑，就……”我急忙拿过几张餐巾纸，也帮着江大民擦拭污渍。

江大民一把将我推开，盛气凌人地吼道：“你一个‘对不起’就完了？你知不知道这件西服是什么牌子的？阿玛尼！我的阿玛尼！你知道这一套西服光干洗一次就要多少钱吗！”

我不紧不慢地说：“江总，您觉得在女士面前这样大吼大叫，真的好吗？”

经我提醒，江大民才又重新注意到对面坐着的慕容晓晓，当下余气未消，恨恨地瞪了我一眼，才重新坐了下去。可我知道，不管这个男人钱再怎么多，房子再怎么大，车子再怎么豪华，这场相亲，结局已定了。

晓晓看着面前的江大民，问：“你这套西服，很贵吗？”

“阿玛尼的，在北京私人订制的，市面上买都买不到。嗨，晓晓，我给你说，主要还不是因为这个，他们这里的服务意识太差了，连个专门的侍应生都没有，上个菜还毛手毛脚，竟然能撒到客人的衣服上。就这样的人，放在我常去的大酒店非叫他们经理过来道歉不可……”

晓晓打断了他的话，问道：“衣服很重要，意识很重要，服务很重要，那么，一个人的道德修养呢？在你的生活常识里，它能在你这些重要的东西里占到一个什么样的比例？”

“什么？”江大民眨巴眨巴眼，貌似没听明白。

晓晓冷笑着摇了摇头，从手提包里拿出一沓钞票放在了桌子上，站起来说：“我吃饱了，饭钱已经付过了。这是给你衣服的干洗费，再见。”江大民愣了一下，想伸出手去拽晓晓，却被甩开了。晓晓没看他一眼，头也不回地走了出去。

慕容晓晓在深爱食堂的相亲，就这么草草结束了。江大民的金钱、房子、豪车就这么利落地和她失之交臂。

结束了相亲之夜的第二个晚上，晓晓又来到食堂。一见面，英姿就无限崇拜地说：“晓晓姐，听说你昨天晚上把一个大老板给狠狠地甩了？太佩服你了！”

“哼，就那样的人渣，要是你见了，肯定也会毫不犹豫地甩一边去的。”慕容晓晓貌似提起昨天的事儿来还愤愤不平，嘟囔道，“什么人嘛，简直就是一头披着西装的猪！这还是亲戚给介绍的对象呢，到底靠不靠谱啊。”

“愈挫愈勇，再接再厉，幸福总有一天会招手的！”我安慰道。

“承您吉言了，老板，不过明天晚上还得再借您的风水宝地一用。”她一脸坏笑道。

“什么？”我忍不住扶住自己额头，“你又要相亲了，频率这么快吗？”

“非常时期，非常形势嘛，你们也不愿意看着我嫁不出去吧。喏，蛋仔、乔公子、英姿、老院长，你们说是吧？”

“嗯，是，是！”大家都含混地答应着，心里却都猜测着这鬼灵精怪的慕容姑娘不知道又想玩什么花招了。

果然不出所料，晓晓开始宣布自己的想法：“那好，大家既然都这么支持我，明天晚上就请配合我演一场戏。蛋仔，你装作和乔公子因为一点儿小事起了冲突，然后冲突升级，你们开始群殴乔公子——当然，是假装的，不过要演得逼真一些，这是测试一个男人的勇气的最好办法。”

乔公子叫道：“My God！为什么是我？”

晓晓看着他的眼睛，一本正经地说：“因为在这里，你长得最帅，最清秀，你被围殴的话，最能激起别人的同情心。明白了吧？”

乔公子沉默了片刻，竟然点了点头："那好吧。"看来他跟蛋仔一样，都是灌上两勺迷魂汤就晕乎的主。

晓晓也不管其他人同意不同意，就这么把计划布置了下去。末了还不忘笼络了一下人心："蛋仔，你是演员，以后要拿金马影帝的男人，这点儿临场演技完全难不住你，对吧？"

"对，晓晓姐，你放心，包在我身上。"蛋仔呵呵地笑着，看样子有点儿头晕目眩，已经分不清东南西北了。

三

这次跟晓晓相亲的是个大学老师，叫宋闽，小伙子看起来挺年轻的，三十出头，瘦高个儿，戴着一副眼镜，斯斯文文的。举手投足间，都流露着一股儒雅的气质。

看起来，晓晓对宋闽还是挺满意的，起码态度上要比对那个暴发户江大民好些。两人随意吃着，谈了些文学、历史方面的问题，从屈原谈到李白；从苏东坡谈到辛弃疾；又从苏格拉底谈到努尔哈赤，竟然十分合拍。这也让我惊讶于慕容晓晓的知识量储备，跟这个文学院的大学老师交谈起来竟然完全没有问题。看着他俩聊得那么投机，我们谁也不愿意去把这桩好事儿给搅黄了。

晓晓见跟我们约定好的计划迟迟不开始，她有些坐不住了，只得借故去洗手间。路过蛋仔身边的时候，咬着牙小声嘀咕了一句："影帝，快开始啊。"

晓晓已经发出了明确指令，我们没有拖延的理由了。蛋仔开始寻衅滋事，他歪着脑袋，斜着眼睛，一脸痞气地敲了敲旁边乔公子的桌子说：“喂，姓乔的，上次你借我的那800块钱，什么时候还？”

乔公子装作楚楚可怜的样子说：“蛋仔哥，你再通融几天吧，现在手里确实没有闲钱。”

“你没有闲钱，我就有是吧！废话少说，今天必须还钱，要不然有你好果子吃！”

“蛋仔哥，麻烦你再通融几天。”

“我通融你二大爷！今天不给你点儿颜色看看，你还以为我蛋仔是在道上白混的！”说着就冲乔公子吼道，“蹲下！”乔公子老老实实地抱头蹲在地上。蛋仔一巴掌拍在了他的脑袋（其实是肩膀）上，嘴里骂道：“妈的，让你不还钱！看老子今天怎么收拾你！”说着指着英姿、老院长，还有几个提前打好了招呼的食客说，“你们过来，给我修理一下这家伙！”

我心道蛋仔果然是表演专业科班出身啊，不服不行，演起黑社会来一板一眼，把那坏坏的痞气演绎得淋漓尽致，简直比真的还真，整个食堂内的气场全被他一人给盖了下去。大家都临时充当小弟，装模作样地围殴起乔公子来。乔公子也十分配合，蹲在地上双手抱头“哎呀妈呀”地惨叫着。蛋仔这时候还不忘公报私仇，时不时地踹上两脚，嘴里还嘟囔着：“我早就看不惯你那娘炮样了！哼，姓乔的，你也有今天！”

宋闽看到这一幕，手里的筷子“啪”地一下掉在桌子上，清瘦的小脸已经吓得煞白。他拉着晓晓就要起身离开：“这里打起来了，太不安全了，咱们快点儿离开这儿，换个地方吃饭吧。”

晓晓一把拉住宋闽，扭头看着被“围殴”的乔公子，说：“你看他被打得多惨，你快帮帮他吧。”

“怎么帮啊？”宋闽的表情火急火燎的，压低声音说，“你没看到，这屋子里全是那个老大的人吗？对方人多势众，这里太不安全了，咱们还是赶紧走吧。”

“那你打个 110 报警总行吧？”

“哎呀，多一事不如少一事，这种事咱们不掺和，听我的，赶紧离开这里吧。”

晓晓的表情一下冷了下来，掏出手机说：“你不打我打！”

没想到宋闽一把将她的手机抢了过来，做了个噤声的手势，小声地说：“打什么 110 啊，别惹麻烦，万一被这伙人听见，他们会打击报复的！”

晓晓忽然怒不可遏，忽地站了起来，使劲拍了下桌子，指着宋闽的鼻子说：“姓宋的，把手机给我放下！”这一声铿锵有力，中气十足，把全场的人都给镇住了。不光是宋闽，连那边“围殴”乔公子的人也都停手了，愕然地朝这边看了过来。晓晓回头大手一挥：“你们继续打你们的，我这儿跟你们没关系！”

这天神下凡一般的女汉子形象估计把宋闽给吓傻了，他把晓晓的手机放在桌上，说话的时候都有些哆嗦了：“那个……我还有事儿……我先走了……”说完，头也不回地冲出了食堂。

晓晓眯着眼睛看着宋闽仓皇而去的方向，轻轻叹了一口气：“唉，尿货。”

“仗义每从屠狗辈，负心多是读书人。”我走过去安慰道，

“晓晓，别太较真了。每个人都有优点和缺点，你要学会接受才行。”

子夜已过，花落花开，有人离去，有人归来。晓晓一直坐在食堂里，要了几瓶啤酒，已经喝得醉醺醺。

我从她手中夺过啤酒，说：“你明天不用上班吗？”

晓晓脸色绯红，含混不清地说：“老板，你说，这么多年了……怎么就没有一个懂我的人出现呢？”

我叹了一口气：“晓晓，金无足赤，人无完人啊，每个人都有自己的优点和缺点，这是谁也克服不了的事情。你总是想办法去试探人性中最软弱的地方，这天底下又有几个人能通过这种考验呢？”

“哼。”晓晓不服气地甩了一下头发，“我就能。”

我说：“晓晓，你胳膊上有一只蟑螂。”

“啊！啊！啊！”晓晓立刻跳了起来，大声喊叫着扑打自己的身体，跟跳大神儿似的，她惊恐地问，“在哪？在哪？掉了没有？”

我说：“晓晓，你冷静点儿，我刚才是骗你的。”

她仍不相信：“老板，你真的是骗我的？”

“真的。”她停止了动作，用带有怨恨的眼神看着我。我摊开双手说：“晓晓，你看，任何人都有克服不了的缺点和心理障碍。包括你也是一样。”

“老板，可是你也太损了，竟然用这种办法。你不知道，我最害怕蟑螂了。”她仍充满着怨气。

我笑道：“这还损啊？我只是随口这么一说而已。比起来把菜汤倒别人身上，伪装成打架事件让人家报警，我这不知道地道多少呢。”

晓晓脸红了，她迟疑半天，才犹犹豫豫地说：“我明天还有一个相亲对象要见，可是我真的已经没有勇气去接触陌生男人了。老板，你既然会做那么多料理，有没有那种能给人增加勇气的食物啊？”

我沉思了一下：“这个可以有，你稍等。”

我转进厨房，准备好牛腩、洋葱、胡萝卜和芹菜，以及最重要的西红柿，然后忙活起来。约半个小时后，一份儿混合着牛肉香气以及蔬菜和西红柿清香的浓汤出锅了，闻上去就让人垂涎欲滴。我把汤端出去，对晓晓说：“这就是能够增加勇气的食物。”

晓晓半信半疑地拿勺子尝了一口，然后惊讶地瞪大了眼睛：“好美味啊！酸中带甜、鲜滑爽口，我以前从没喝过这样的汤。老板，这汤叫什么名字？”

我说：“罗宋汤。”

“罗宋汤？这个名字我倒是听过，只是没吃过而已。不过……”晓晓又怀疑道，“这罗宋汤就能给人增加勇气吗？”

“那当然了。”我问道，“晓晓，你知道为什么叫罗宋汤吗？”

“不知道。”晓晓摇了摇头。

我说：“‘罗宋’二字本是‘Russian’这个词的音译。因为这种汤啊，原来是从俄罗斯传过来的。俄罗斯民族，又叫什么民族来着？”

晓晓思忖片刻，说道：“战斗民族！”

“对，他们就是经常喝这种汤，所以才勇气倍增，成为了战斗民族！晓晓，把这份儿汤喝完，然后回家睡一觉，明天继续去战斗吧！”

“嗯，好！”晓晓眼神里有一种光辉在流动，也不知道是不是真的被罗宋汤赋予了勇气。至于食物能不能给人勇气，我真的不知道，但我想，这个时候对这个姑娘的心理暗示和安慰，总是没有错的。

四

慕容晓晓继续在红尘中奔波、工作、生活，还有相亲。从那天晚上开始，罗宋汤就成了她的最爱，但凡要去相亲的头一天晚上，她都要满饮一大份儿罗宋汤。这让我想起了小时候看过的一部动画片，一个叫做“希曼”的主角总是会在关键的时刻朝天喊道：“赐予我力量吧！”

晓晓还是经常把我的食堂当作相亲的主场，比如这一次，她又跟一个在医院工作的外科主任见了面。外科主任十分仔细，在吃饭之前先拿出了酒精湿棉，把桌椅全都擦了一遍。晓晓瞠目结舌道：“有必要这样吗？”

“有的。”对方推了推脸上的金框眼镜，“消毒是餐前必不可少的一项准备，尤其是在外边吃饭，就更加需要注意了。你知道根据我们医院的检测结果，外面这些地方的细菌分布密度是百分之多少吗？说出来很吓人，我还是不给你说了。养成良好的卫生习惯，是保证一个人能够生活下去的最基本条件。我给你举一个最浅显的例子，你知道白求恩吧？白求恩就是在做手术的时候，手指不小心被手术刀割了一道小口子，感染了，最后牺牲的，你说这种小细节能忽略吗！”听着对方喋喋不休地讲着大道理，晓晓早已目瞪口呆了。

在经历了无数次的失败后，晓晓依然奔波在相亲的路上，像是还没有取到真经的唐玄奘。罗宋汤给了她相亲的勇气，却不能给她带来一个靠谱的男人。晓晓依旧加班到很晚，然后来到我这里，喝上一份儿罗宋汤。连续相亲的失败并没有让晓晓沮丧，反而更加激发了她高昂的斗志。绝不凑合，绝不应付，绝不草率，是她的三大原则。在问到相亲这么多次都以失败而告终，她有什么想法时，慕容晓晓一甩头发，答道："不经历人渣，怎么能出嫁？没有人能随随便便当妈！"

晓晓要结婚了，得知这个消息已经是半年后了。我不知道这半年的时间里，她经历了多少相亲对象，她终于找到了自己的真命天子，然后步入了幸福的殿堂。这一天对晓晓来说，虽然来得晚了一些，最终还是到了。我到现在还保留着晓晓当时寄送过来的婚礼邀请函，因为上面有她手写的一句话：谢谢在那些日子里，给予我勇气的朋友和美食。

罗宋汤

原料 主料：牛肉，胡萝卜，白洋葱，西红柿，西芹，小包菜

辅料：盐一茶匀，番茄酱适量，黑胡椒适量，罗勒适量，姜适量，油适量

做法

1. 将牛肉洗净，切成约2公分左右的小块，将洋葱、胡萝卜、西红柿、西芹切成小丁。
2. 将锅中放入牛肉块、切好的姜片，加适量水开火煮。
3. 煮牛肉的同时，在炒菜锅中放油，加入洋葱爆香。放入西红柿丁翻炒，加入适量番茄酱。
4. 在西红柿丁煮到较烂的时候，加入西芹丁、胡萝卜丁煮。若锅中较干，可适量加点儿水。煮到胡萝卜和西芹丁都较软即可关火。
5. 记得牛肉锅中水煮滚时，捞去表面的血沫。加入炒好的蔬菜在牛肉汤中继续煮。
6. 加入小包菜，小火保持汤继续滚。加入约一茶匀盐调味，约10分钟即可关火。盛出，可以撒上一些黑胡椒调味。

伟大的凡人

平凡的人，没有显赫的家世，没有可以依赖的背景，没有可以提携自己的亲戚，平凡得就像大地上的一只蚂蚁，始终忙碌着、奔波着、奋斗着，期望自己从苦难中爬出来的那一刻。

一

席云行刚进来的时候，把我吓了一大跳。他左眼肿胀得只剩一条缝儿，下巴和脸颊全是淤青。

我说："你怎么啦？需要我帮你报警吗？"

"不用。"他腼腆地笑了笑，用带着浓重乡音的语调含混地说，"老板，你这里有没有什么能增加体力的饭，给俺来一份儿。"

"增加体力的饭？"我想了一下，"青椒牛柳套餐怎么样？"

他咧开有些变形的嘴笑道："行，就这个。"

我转进厨房，将牛肉切成细细的肉条，放入酱油腌一会儿之后，又倒入食用油腌片刻。关于这道菜，以前厨师培训学校的老师讲过，调拌时一定要将每一根肉柳都均匀地包裹上油，给它们用食用油穿件外衣，这样蒸发的水分少，肉质就不会柴，能最大程度地保存牛肉的鲜味。油热之后，放入些许葱姜炝锅，开大火，倒入牛肉，快速地翻炒至牛肉稍变色，然后放入青椒、蚝油、盐，翻炒均匀就可以关火了。再配上一例汤，一碗米饭，一份儿鲜美的青椒牛柳套餐就做好了。

我把套餐端出去的时候，蛋仔正好奇地围着席云行问："哥们儿，你这是咋了？不要紧吧？"

"没事，这是俺工作的时候带的伤。"

蛋仔皱起眉头："天呐，你这是啥工作啊，怎么能被打成这样？"

"人体沙袋。"他毫不介怀地笑了笑。他说他是从外地来杭州打工的，因为没有一技之长，所以一直找不到工作，吃饭和房租都成问题。就在最困难的时候，他去一家拳击酒吧应聘了"体适能服务员"，其实就是供客人发泄，只准挨打或闪躲，不许还手的人体沙袋。

"啧啧。"蛋仔叹道，"这么说，你这工作就是天天挨打喽。"

"嗯，差不多。"席云行讪讪地笑着，"要怪就怪俺没文化，也没什么别的一技之长。不过，干这个还行，除了吃饭和交房租，还能攒下来一部分钱。有的时候，客人玩得高兴了，还会给一点儿小费。"

我把饭端到他面前，说："先吃饭，吃完饭再说。"蛋仔还想问什么，我打断道："蛋仔，你能不能等别人吃完饭再问啊，你吃饱了人家还饿着呢。"

蛋仔识趣地退到了一边。席云行拿起筷子，吃了一口青椒牛柳，忽然抬起头看着我，不敢置信一般瞪大了眼睛。

我不解地问："怎么了？"

“老板，你这饭……好好吃啊。”

我笑了一下，看着狼吞虎咽的席云行，忽然感到一阵酸楚。听他的口音应该来自山东某地，不过十七八岁的年纪，一脸的稚气未脱，只身一人离乡背井漂泊到这里。都说上有天堂，下有苏杭，可这个光鲜亮丽灯红酒绿的杭州，又给了他什么呢？

我从厨房里端出两只煎得金黄色的油煎蛋，放在他面前。他停下动作，抬头疑惑地看了我一眼，说：“老板，俺没要鸡蛋啊。”

“你第一次来，我赠送的。”我说。

他笑了，低下头，继续大口吃饭。青椒牛柳的香气和他年轻淳朴的气息结合在一起，在小小的深爱食堂里慢慢飘荡着。我泡上一壶茶，点上一根烟，开始徒劳且无聊地思考我所生活的这个世界。

从那天以后，席云行经常在结束了一天的“工作”之后，来到这里吃个夜宵再回去睡觉。基本上每次他都是带着伤来的，一般人肯定早就承受不了这种摧残了，但在席云行这里却没什么事儿，仿佛那些淤青和肿胀都出现在别人脸上。

每次他来到这里，都会点上一份儿青椒牛柳套餐，而我在配菜的时候都会给他多放一些。这个身体强壮却涉世未深的稚嫩青年，很快就成了食堂里其他几位熟客的好朋友。在茶余饭后，席云行会给我们讲他在拳击酒吧的见闻：那些寂寞的买醉者、落魄而风骚的小姐、穷得要死还喜欢装档次的洗剪吹、偶尔去酒吧猎艳的官员和有钱人……

英姿每次看到席云行脸上的伤，都会情不自禁地皱起眉头，按照她的观点来看，这应该属于毁容了。对于“妇女之友”乔公子来说，席云行对自己的伤势满不在乎的态度，简直是一种变相的摧残。乔公子语重心长地劝道：“云行啊，身为一个男人，你要注意保护自己的脸，等你以后就知道珍贵了。”

“俺这张脸吗？”席云行摩挲着自己宽宽的下巴，“有啥珍贵的？”

“呃……”乔公子一时语塞。

相反的，我对另外一个问题比较感兴趣：“云行，你在酒吧工作的时候，服务的客人都是些什么人？”

“啥人都有。比如一些有钱的大老板啦，都戴着金链子，领着小姑娘去酒吧，喝得高兴了就拿俺练练手，把那些小姑娘们高兴得哇哇乱叫。俺就不明白，不就看打个人嘛，至于那么兴奋吗？除了大老板，还有一些女人……”

“等等。”我忍不住打断了他，“还有女人？”

“有啊，就是所谓的‘白领’的那种，打的时候下手可狠了，一个个憋屈着脸，好像跟俺有什么深仇大恨似的。”

英姿笑道：“那是她们把你假想成公司的领导或者男朋友了。”

“男朋友？打男朋友要这么狠吗？”席云行疑惑地挠了挠头。

英姿摇了摇头，表示跟这个幼稚的乡村小伙子没办法深入交流。这世间有很多事情，他还不明白。

二

今天时间还不算太晚，席云行就来了。但他不是一个人来的，跟他一起来的还有一个四五十岁的中年汉子，鬓角处有些灰白，偏瘦弱，但一双眼睛却炯炯有神，如鹰隼一般，给人一种锐利的洞察感。

“老板，青椒牛柳套餐！两份儿！”席云行冲我喊道。虽然他对自己的生活一直很乐观，但看得出来，今天他的心情特别的好。

我把两份儿加量的青椒牛柳套餐端了出来。那中年汉子尝了一口，闭起了眼睛，嘴里发出了满足的“唔”的一声。

“怎么样，教练，俺就说这家饭馆的饭做得很棒吧！”席云行高兴地说道。

教练？这个男人的身份引起了我的好奇。我不由问道：“云行，这位是……”

“你好，初次见面，我叫刀鱼。”他站起来，友好地向我伸出了手，“现在是席云行的教练。云行总对我说这间饭馆不错，老板人很好，今天一见，果然如此。谢谢各位在这段时间里对云行的照顾了！”

这人的名字挺有意思，刀鱼？倒是挺符合他的体型的。我疑惑道：“云行这孩子不是……”

刀鱼笑了笑，仿佛知道我想说什么：“年轻人的青春，不应该被这么个糟践法。我已经观察他好长时间了，这小子有体力、有气魄，关键是特别能吃苦。唯一不足的是，作为职业拳手的年龄稍微大了点儿。不过不要紧，这些都能克服。”

一旁吃肉蒸蛋的蛋仔好奇地凑了过来，问道：“您这是要把他给培养成专业运动员啊？”

“是的，有这个想法。”刀鱼笑道，“我以前就是省专业队的，后来退役了，自己开了个拳馆，一直想找合适的年轻人培养成职业拳手。后来遇到了云行，经过了一段时间的接触，觉得他挺合适的。”刀鱼说到这里，席云行不好意思地挠了挠脑袋，憨厚地笑了起来。

“恭喜恭喜！云行，马上要从人体沙包进军职业拳坛了，一定要加油啊！”我说着，又给他们师徒二人端出来两份金黄喷香的煎蛋，“这算是我请的。”

从那以后，席云行经常和刀鱼一起光顾我的食堂，毫无例外地点上两份儿青椒牛柳套餐。席云行的脸上越来越干净，再也不像从前那样，每次来脸上都青一块儿紫一块儿的。他并没有辞掉工作，还继续在那家拳击酒吧里打工，做他的人肉沙包。席云行告诉我们，他现在的专业训练成果用来躲避客人们的拳头已经绰绰有余，这也算是他的“修炼课程”之一。这样的小伙子很难让人不喜欢。面对困难的逆境，他没有消沉沮丧过，始终保持着一份乐观的心态，最终一步步地走了出来。这份坚持的毅力，不是每个人都能有的。刀鱼对他的操练渐渐显出效果，这从一个人的眼神里就能完全看出来，席云行的眼神愈来愈沉稳，那种青涩的稚嫩正逐渐被洗练。

这天晚上，席云行来到食堂以后，对我说：“老板，青椒牛柳套餐，外加一份儿煎蛋。”

我有些意外，这还是他第一次主动要求加煎蛋。我笑道：“最近训练挺刻苦啊，饭量见长了。”

“不是。”他憨憨地笑了笑，“明天刀鱼教练要带俺去别的拳馆打一场交流赛，切磋切磋，检验一下最近的训练成果。所以俺想多吃点儿，多增加点儿体力。”

“哎哟，要和人过招了。云行你得加油啊！”我鼓励道。

“俺尽力吧。”云行不好意思地嘿嘿一笑。

凌晨十二点，时钟“当”地响了一声。我泡上一壶茶和老院长一边喝茶，一边闲聊着马航失联的原因。还没聊到关键处，席云行就来了，进门就嚷道：“老板，青椒牛柳套餐。”

还没等我说话，蛋仔就急火火地站了起来，问道：“听说你今天去别的拳馆跟人打架去了，结果怎么样？”

“不是打架。”云行一本正经地纠正道，“是交流赛。”

“别管什么赛吧，我就问结果怎么样？赢了还是输了？”

“赢了。”云行嘿嘿笑道，“第二个回合把对手给 K. O 了。”

蛋仔听到这个消息，好像比云行还高兴：“哎呀，了不得啊，人体沙袋变人形凶器了，云行你越来越厉害了。”

“哈哈！”云行不好意思地说，“都是俺教练教得好。”

我给云行做了一份儿超大的青椒牛聊套餐，又额外赠送了两只煎蛋，算是对他旗开得胜的鼓励。这个从北方贫瘠之乡漂泊而来的年轻人，已经迈出了他职业生涯中最坚实的一步。一次适时的成功能让人拥有无穷的自信，从这点上来说，席云行是幸运的。他在关键的时候遇到了关键的人，又在合适的时机取得了一场合适的胜利。上天给予人磨难的同时，也在给予人机遇。

从那以后，席云行经常出去跟别的拳馆打一些交流赛，并且赢多输少。任谁都看得出来，这个年轻人正在飞速地成长。

蛋仔热情地说："云行，等你以后打拳出名了，我推荐你去影视圈发展，演动作片。"

"真的?"面对蛋仔夸下的海口，席云行双眼放光。

"真的!"蛋仔拍着胸脯保证道，"这还不是一句话的事，哥是圈里人!"

英姿做呕吐状："蛋仔，你还是先把自己推荐出去再说吧。"

"没错。"乔公子附和道，"还有啊，药不能停。"

云行一本正经地问："蛋仔哥，你身体有问题啊，一直都在吃药?"

乔公子抢着回答："对，他一直都在吃脑残片。"

"我去!"蛋仔面对乔公子和英姿两个人犀利的围攻，百口莫辩。

愉快的时光总是过得比较快，三个月的时间一闪而过，像是流沙从指缝间倏忽滑落。每个人都在自己的生活轨迹里不断努力，顽强生活，希望有一天能达到自己最终渴望的那个梦想。但现实又是残酷的，你不知道它会在哪里突然转向下一个弯道，并且每次都来得让人措手不及，沮丧万分。

又是一个子夜，席云行推门而入，表情怏怏不乐，这可非常少见。

我问道："云行，怎么了这是?"

"没什么。"他勉强挤出了一个笑容。

"你教练呢?好久都没见他跟你一起来了。"

他却答非所问："老板，俺今天来是跟你辞行的，俺不准备在杭州待下去了。"

“什么，你要走？”我有些意外。

“嗯。”他点了点头，眼眶忽然一下子红了，“俺想回老家了。”

三

直到席云行离开杭州后，我才听说了事情的来龙去脉。原来席云行跟随刀鱼训练的这段日子里，经常会去别的拳馆打一些所谓的“交流赛”，名义上是以战养战，尽快提高技术水平，但席云行竟偶然发现刀鱼和其他拳馆的老板在暗中下注，把这些“交流赛”当作了赌博的工具。在席云行的质问下，刀鱼对自己的行为并没有否认。我可以想象得到，在那一瞬间，席云行心里构筑的那座梦想大厦会如何倒塌，他本已脆弱不堪的心理防线将如何崩溃。他只身混迹于杭州，举目无亲，靠做“人体沙包”艰难度日，在这种情况下，刀鱼带他走出了阴暗的泥沼，光明和希望出现在了面前，任谁也没有想到，到头来却是这样一种结局。我不禁感慨，在那个萧瑟的深夜里，席云行背着行囊独自离开这座城市，当他最后一次回过头观望那些璀璨而孤独的灯火时，心里会有一种怎样的酸楚。

这座城市如此繁华，但在灯红酒绿下，却是一座埋葬了无数年轻人梦想的坟墓。天色微亮，东方既白，该打烊了。我揉了揉疲惫的眼睛，刚要站起来，就响起了敲门声。

“请进。”我说道，没想到这个点儿还有客人。

门被推开了，一个人影闪了进来。我愣了一下，竟然是刀鱼。一段时间不见，他的身体更加消瘦了，用“皮包骨头”来形容都不为过，而且双鬓苍白，整个人看上去十分虚弱。他尴尬地笑道：“老板，好久不见。”

“好久不见。”说实话，自从知道了他利用席云行比赛来下注赚钱的时候，我对这个人的印象就已经糟糕透了，但看到他现在的这副样子，却怎么也让人恨不起来。

“老板，我想问一下，最近云行来过吗？”他说完，背过身，用手捂着嘴咳嗽了几声，瘦弱的肩膀剧烈地抖动了几下。

“那孩子不是说回老家去了吗？”我答道，“从他说走的那天开始，我就一直没有见过他。”

“果然是走了啊。”他叹息了一声，惆怅良久，道，“那我就不打扰了，告辞。”

“等等。”我叫住了他，“还没吃早饭吧？我也没吃呢。既然来了，就一块儿吃点儿吧。”

我做了两份儿青椒牛柳套餐，加两个煎蛋，端到了刀鱼面前。当他看到青椒牛柳的时候，眼眶骤然红了，想说什么，却终是什么也没说出来，只是拿起了筷子，默默地吃了起来。那跟平时做法别无二致的青椒牛柳，此刻吃进嘴里是一种什么样的味道？我不知道。或许每个人的味蕾，都在不停地随着他自己的改变而改变。吃完饭以后，我送刀鱼出门，看着在清晨薄雾中刀鱼踽踽独行的背影，忽然感觉他很孤独。他的这种孤独，就跟曾经的席云行一样。

日子像流水一样过去。我每天都在接触不同的人物，不同的事情，很快就把席云行和刀鱼的事情给淡忘了。他们的世界和我的世界就像两列在不同轨道上疾驰的火车，偶然一个交错，彼此又呼啸着离开。当渐行渐远之时，我的窗外，又已经换上了另外的风景。蛋仔、乔公子和英姿他们也已经开始忘了这里曾经来过一个满脸伤痕，却倔强乐观的稚嫩少年。

这天夜里，我正在厨房里做饭，忽然听到门“吱呀”一声开了。我习惯性地说了一句：“你好，欢迎光临。”

蛋仔惊喜地叫道：“席云行！”这个熟悉而陌生的名字瞬间激活了我某一部分的回忆，我抬起头，看到走进来的果然是他，那个年轻稚嫩的山东少年。

“云行，你怎么回来了？”大家对他的到来都很惊奇。

席云行却没有说什么，走到吧台边，对我说：“老板，来一份儿青椒牛柳套餐，打包。”

“打包？你不在这吃吗？”我好奇地问。

他摇摇头：“不，我是给教练带的。”

“哦，刀鱼啊。”我一边准备食材一边问，“好久没见他了，他现在怎么样了？”

“教练他……”席云行毫无预兆地哭了起来，“快不行了！”

“什么？”我惊愕地抬起了头。

从席云行断断续续的讲述中，我终于明白了刀鱼身体那么消瘦的原因。原来刀鱼一直患有先天性白血病，到了一定的年龄就会不可避免地走向衰亡。他之前利用席云行比赛下注赚钱，也是为积攒医药费，但却不是为了自己，而是为了继承了他的血脉与病史的女儿。他的女儿从出生开始，就被查出患有先天性白血病，不过上天还是给他留了一丝希望——小女孩可以通过手术彻底摆脱这种病魔的纠缠，当然，这需要一笔昂贵的手术费。为了积攒女儿的手术费，刀鱼想尽了一切办法，而当时，懵懂无知的席云行也被卷了进来。刀鱼一直都觉得很对不起席云行，总希望有个机会可以补偿些什么。后来，刀鱼费尽周折，给云行争取到一个拳击锦标赛的名额，他想让云行通过一场堂堂正正的比赛来证明自己的价值。当云行意外地接到比赛通知书的时候，才知晓了刀鱼背后的隐情。我唏嘘感慨着这对师徒之间的情谊。

我将青椒牛聊套餐打包后，交到席云行的手中："云行，你先去好好照顾你的教练。等我打烊了，就去医院看看他。"

席云行点点头，红着眼眶走了。我闻着青椒牛柳遗留的香气，心里涌动着一丝莫名的惆怅。

四

天亮以后，我打了烊，匆匆赶往医院。当我走到病房门口的时候，逐渐放慢了脚步。蛋仔、乔公子和英姿他们都来了，他们站在那里，默然无声。

我走过去，问："刀鱼呢？"

云行抬起头看着我，声音哽咽地说："教练他……走了。"

我心里猛地凉了一下。刀鱼走了，他吃了青椒牛柳套餐，在睡梦中离开了这个美好又残酷的世界。我不知道那份儿套餐，能否让他在继续前行的路上增加一些力量。他的老婆带着女儿去了国外手术，希望他的下一代，再也不用经受这种病痛的折磨。

云行要去北京参加训练，准备比赛。临走的时候，他来到食堂，吃了最后一次青椒牛柳套餐。

我做了两份儿，放在他的面前，说："云行，多吃点儿，这能增加体力。"

云行点点头，眼泪却扑簌簌地落了下来，他一边往嘴里扒饭一边哽咽着说："教练他临走……的那天晚上，说……以后的青椒牛柳……你就要一个人吃了……"

云行已经离开杭州一个月了。这天晚上，我及时地打开电视，按照约定，这是直播他比赛的日子。虽然没办法到现场看比赛，但我答应他一定会看直播。

晚上十二点，这个时间看直播的人或许不会多吧，我注意到电视直播的比赛的体育馆也是冷冷清清的，现场没有多少观众。但在这间小小的深爱食堂里，电视机前却坐着席云行的几位忠实粉丝：我、蛋仔、乔公子、英姿，还有老院长。

"云行出场了。"蛋仔指着电视说道。

没错，云行出场了。他戴着红色的拳套走上拳台，静静地站在拳台的一角，等待裁判的指令和比赛铃声响起。在摄影机镜头的记录下，他仍旧稚嫩的眼神却透出刚毅和果敢，就像一个即将奔赴战场的骑士。这个来自山东贫瘠乡村的年轻人，曾经在城市辉煌的灯火里迷失过人生的方向，在当人体沙袋的岁月中无法正视自己的脸庞。如今，那些都已经过去了，他现在就切切实实地站在那里，无论输赢，他都会以这场比赛证明自己的价值。

我原本以为幸福很简单，就是做自己想做的事情，有着充实的生活和快乐的青春。但最后我明白了，这些幸福都不刻骨，最刻骨的幸福是当你从艰难中爬出来，并有幸看到自己成功的那一刻。我想，刀鱼走的时候是没有遗憾的。

青椒牛柳饭

原料 主料：洋葱半个，柿子椒一个，牛柳100克，白米饭

辅料：料酒适量，盐少许，淀粉适量，姜丝适量，生抽，蚝油

做法

1. 洋葱和青椒切条，洋葱泡水备用。牛柳切条，大概3～5公分长，宽半公分，厚2～3公分，注意要竖切。用黑胡椒碎、生抽、姜丝、淀粉、料酒腌十五分钟。
2. 调制芡汁：水、淀粉、生抽、蚝油。
3. 油九成热，快速翻炒至发白，捞出备用。净锅加入适量油，三成热时下入姜丝和洋葱翻炒至香味飘出。
4. 加入柿子椒翻炒至七成熟。倒入炒好的牛柳丝，翻炒均匀，烹入芡汁和黑胡椒碎。
5. 加适量盐，起锅，配以白饭。

食物的记忆

食物也是有记忆的。它能记得你享用时的表情、你对它的赞美、你做菜时手掌的温度，甚至是围绕它而发生的故事。

一

我将油滴入平底锅中，在等待油烧热的时候，将切好的土豆丝与鸡蛋和面粉搅拌好，油热了，我把调制好的土豆丝饼放入油锅中，平静的油面顿时腾起小气泡。一分钟之后，我把土豆丝饼翻过来，原来朝上的一面现在在油锅里受着煎熬，不一会儿，土豆丝饼便被煎得两面焦黄，泛着油汪汪的闪亮。其实，我个人并不赞成在这么晚的时候吃太油腻的东西，容易发胖，但是，这个顾客好像并不这么想。

这个顾客就是米璐，刚毕业的女大学生，某网站美食频道的实习记者。当大部分女生都在嚷嚷着减肥的时候，这个瘦弱的小姑娘却喜欢在晚上吃一份儿土豆丝饼。也许是真的喜欢，也许只是为了等一个人。米璐要等的这个人是轩辕。

轩辕是一家五星级酒店的主厨，但是他很奇怪，从来不在酒店吃饭，也不回家做饭，而是特地跑来不起眼的深爱食堂吃一份儿土豆丝饼。这事如果传出去，深爱食堂就会一跃成为市民最喜爱的餐馆，每天将有数不清的人来排队吃饭，而轩辕就是深爱食堂的形象代言人。当然，这话是蛋仔在轩辕不在的时候说的，当着轩辕的面，他可不一定敢说。蛋仔怕轩辕，不光是因为轩辕长得高大健壮、有肌肉，还因为轩辕带出来的一种气场，他沉默寡言，不爱说话，脸上还带着一条刀疤，最重要的是他给人一种冷冷的感觉，不用靠近他就能感受到他身上散发出来的肃杀的气场。

我把两份儿做好的土豆丝饼放在米璐面前，米璐探着头，贪婪地吸着土豆丝饼的香气："嗯……好香啊！"

"还等轩辕大厨啊？"我问道。

"嗯。"米璐咬一口土豆丝饼，使劲地点点头，"我一定要把他拿下。"

"这是我追女神的口号，你不要盗版！"蛋仔敲着桌子抗议。

"嗯，这句话在你这里也就只能是口号，喊喊而已，没有一次追到手吧？"坐在老院长旁边的英姿打趣道。

"有，有，有。不要小看我们蛋仔嘛，偶尔也会有眼神不济的女生上钩。"老院长也笑着逗蛋仔。食堂里的人都笑起来。好在，蛋仔早就习惯了我们的玩笑。

"你们看着，我肯定会成功的。"蛋仔不服气地说。

我止住笑容。轩辕应该是个不好接近的人，我实在是不忍心看着米璐这么一天天地等下去："别那么执著了，非得采访轩辕大厨吗？"

"嗯，不是说这道菜就数轩辕做得好吃吗？再说他一看就是个有故事的人。”米璐擦擦手，很认真地回答。

有故事，这是米璐对轩辕的评价。其实谁没有故事呢？活了几十年，每个人都是一路摸爬滚打过来的，任谁没有几段埋在心底不愿提及的往事？活了这么久，总有些事，你不愿重说，总有些人，你不愿再见。

“那你可以换道菜啊，你看看老板店里这么多品种，哪个不够你写的？”老院长也不希望米璐再执著下去。

“不要，我对土豆丝饼有特别的记忆。”米璐低下头。

正当我考虑怎样去劝米璐时，轩辕大厨走了进来。还是那一脸肃杀的表情，冷冷的眼神，再加上那刀疤确实让人不寒而栗。我看看蛋仔，他正超级配合地打着哆嗦，两只手夸张地晃来晃去，惊恐地瞪着眼睛。

轩辕环顾四周，看到米璐期待的眼神，于是，特意找了一张离米璐最远的桌子坐下。“老板，土豆丝饼。”轩辕冲着我喊。

“来啦！”没等我回应，米璐端着自己桌上那份儿没动过的土豆丝饼跑了过去，“给您点好了。”

“不要，吃人家嘴短。”轩辕连看都没有看就拒绝了。

“没关系，没关系，主要是我们都爱吃这个，这纯粹是饼友之间的分享。”看来米璐是被拒绝惯了，早就做好了心理准备，对轩辕的拒绝没一丝尴尬。

“病友？哈哈哈，还有这样夸自己的啊？”蛋仔笑得连眼睛都睁不开了。英姿狠狠地拧了蛋仔的胳膊一下。

轩辕还是无动于衷。我看不下去了，决定帮米璐一把：“轩辕大厨，你就吃这份儿吧。你我都是做饭的人，都痛恨浪费食物，你要是不吃这饼，就浪费了，多可惜。”

“对啊，人家小姑娘都替你点好了，别浪费了人家的一番心意。”老院长也开始帮腔。

轩辕看看我们，又看看米璐：“这饼我可以吃，但是你不能在我旁边说废话。”

“成，我一句废话都不说，说点儿有用的行吗？”米璐哀求道。

“就三句。”轩辕真像是一个冷血杀手，面对一个可爱小姑娘的请求一点儿怜香惜玉的表现都没有。

米璐兴奋起来，仿佛看到了希望：“主编催我交稿，你就帮帮我，接受采访吧。很……”

“三句，够了。你再说我就走了。”轩辕冷冷地打断米璐的话。我倒吸一口凉气，这轩辕够狠的啊。

米璐站在原地没动，也许她还没反应过来轩辕的冷漠。见米璐没动，轩辕站起来，准备离开。米璐见状，立马跑回自己的座位，看着轩辕把那份儿土豆丝饼吃完。

米璐盯上轩辕主厨已经不是一天两天了，作为一个美食记者，这份敬业的态度值得肯定，但是她这种不采访到轩辕不罢休的固执也让人费解。轩辕也一样，说什么都不肯接受采访，就像是土豆丝饼里藏好了玄机，一旦说出来就什么都没了。

二

一连好几天，米璐都在对轩辕实施“守株待兔”的战术，而轩辕也铁了心不接受采访。在第N次被拒绝后，米璐消失了，倒是轩辕仍然每天都会来吃土豆丝饼，看见米璐不再缠着他，整个人都变得轻松起来。

“大厨，你就接受下采访嘛。你看人家一小姑娘天天在这候着你也挺不容易的，你就别难为人家了。你看从你上次拒绝她后，人家都不来食堂了，这幼小的心灵得多受打击啊。”蛋仔一边说，一边双手捂住心口做出心痛的样子。

“这不怨我。”轩辕吃着土豆丝饼，头都没抬地反击着蛋仔，“我早就跟她说过，我从不接受采访。现在这些网站和杂志就知道随便写两句话，然后配几张图片给餐馆做广告，一点儿都不懂得尊重美食。”

“要我说你这是在耍大牌。你看我，从来都会尽量满足媒体对我的要求。”感觉今天蛋仔的话特别多，肉蒸蛋都吃了那么久了还没吃完。

“对你？媒体对你能有什么要求啊？”英姿惊讶地问。

“采我啊。人红是非多嘛。”蛋仔得意地说着。

“是这个踩吧！”英姿一边用脚使劲地在地上踩了一下，一边嘲笑蛋仔。

“哈哈哈！”食堂里所有人都笑了，就连不苟言笑的轩辕大厨也咧咧嘴，露出不自然的笑容。我看着轩辕的脸暗自揣度，是不是脸绷得时间长了，连笑都不会了。

“说实话啊，”老院长等大家的笑声停下后，说，“人怕出名猪怕壮，蛋仔不怕出名，可是这身上的肉倒是长出来了，不知道他怕不怕。”

“什么!”蛋仔吃惊不小，开始用手拍着自己身上的肉，“我的胸肌呢？我的腹肌呢？完了完了，我的人鱼线彻底毁了!”吃惊开始转为号叫，“老板，我再也不吃肉蒸蛋了!”

英姿舀了一勺肉蒸蛋塞进蛋仔大张着的嘴里，蛋仔停止号叫。“我觉得米璐不是那样的记者，我和她聊过几次，她对美食还是挺有自己的看法的。”英姿说。

“不要劝我了。”轩辕吃完最后一口土豆丝饼，擦擦嘴，“我是不会接受任何采访的。”

轩辕还没走，米璐就进来了，与食堂里其他人还未完全收敛起的笑容不一样，今天的米璐有点儿严肃。轩辕见米璐进来，露出不耐烦的表情：“我说过了……”

“你还记得十五年前被你打成重伤的那个人吗？他还活着。”米璐第一次打断了轩辕的话。米璐这句话说得莫名其妙，但让大家意外的是，轩辕主厨这个一脸凶相的男子，在听到这句话后，脸色在一瞬间变得苍白。

“你……你胡说八道些什么……”轩辕踉踉跄跄地跑出了食堂，留下我们在惊愕中回不过神来。

在那个夜晚，我们从米璐口中知道了轩辕主厨的故事：

米璐小的时候是姑姑的跟屁虫，姑姑走到哪里米璐就跟到哪里，后来姑姑谈恋爱了，米璐理所当然地成了姑姑和男朋友的小灯泡。也许是爱屋及乌，也许是米璐确实可爱，姑姑的男朋友也很喜欢米璐，经常带一些好吃的给小米璐，尤其是土豆丝饼，那是米璐和姑姑的最爱，再放上点醋，简直就是米璐眼里的人间美味。

十五年前姑姑生日那天，和男朋友一起放学回家，半路被一群小混混拦住去路，男朋友为了保护姑姑，与对方拼死搏斗。鲜血染红了姑姑的白裙子，男朋友的脸也在打斗中被对方用匕首划伤，并留下了一道深深的疤痕。男朋友无意中将其中一个小混混打成重伤，生死未卜。姑姑怕男朋友惹上官司，让他连夜离开。从此，男朋友杳无音讯。而姑姑的男朋友，便是米璐一直苦苦采访而不得的轩辕主厨。

“轩辕脸上的刀疤是这样来的啊。”英姿感叹道。

米璐点点头：“所以，我对土豆丝饼有特别的感情，这也是姑姑在我身上留下的印记。”

“哇噻，英雄救美啊，真浪漫。”蛋仔夸张地说。

“不对，应该说是一个悲凉的爱情故事。”老院长说。

米璐淡淡地说：“我没有采访到轩辕主厨，但我已经把这个故事写了出来，就叫‘记忆的味道’，已经交稿了，主编也很满意。你们相信吗？食物也是有记忆的。”

食物有记忆吗？我不知道。如果它们也有记忆的话，那是悲伤，还是欣喜？

三

好久没看见轩辕了，倒是米璐每个周五都会过来吃份儿土豆丝饼。轩辕和米璐像是调换了状态一样，现在轮到轩辕失踪了。

三个月后的一天，老院长、英姿和蛋仔一边聊天一边吃饭。我在吧台喝着茶，听着他们讨论的话题。

“我听说，轩辕在当厨师之前，曾经在丽江当过导游。”老院长不知从哪里听来的消息，“当时丽江旅游才刚刚被开发，风景如画，好多老外慕名而来，这群导游当年可是没少忽悠老外。老外要什么，他们就去搞什么。后来，有个外国女游客说想跟当地的男人亲热一番，他说自己就是，结果女游客走的时候给他留下好多钱，说是爱上了他。”

“哇塞，有这种好事儿怎么能不叫上我呢?”蛋仔一听到这里两眼放光，“要不，我也改行去当导游吧?”

“就你那英文水平，勾搭外国美妞？俩字：没门!”英姿毫不留情地说。

“他改行做厨师，也算是从良了，现在只是杀杀鸡、杀杀鸭什么的。”

“说不定以前还真杀过人呢。”蛋仔一副唯恐天下不乱的模样。

“米璐来啦?”我怕蛋仔再说出什么不合时宜的话，在米璐进门的同时大喊道。

米璐走了进来，正在讨论的众人赶紧噤声。“老板，老样子，两份儿土豆丝饼。”

“两份儿？轩辕又不来，你吃的完吗?”我问。

“他今天肯定会来的。”米璐认真地说。

我不知道米璐为何会如此肯定。自从知道了轩辕年轻时那段英雄救美的故事后，我和深爱食堂的熟客都没有再见过轩辕，我甚至都不知道再次看见他时该用一种什么样的态度面对他。还没等我想好，门缓缓地开了，轩辕走了进来。

轩辕在米璐旁边的位子坐下来，米璐在他面前摆好碗筷，整个过程两人一言不发。我们静静地看着眼前的一切，完全无法预测事情的走向。

“我知道今天你一定会来的。”米璐首先打破了沉默。

轩辕点了点头：“今天是她的生日。”轩辕彻底变了。当初那个锋芒毕露冷酷沉静的轩辕已经不见了，取而代之的，是一个有着悲喜情感的普通人。他抬起红红的眼眶，说：“想不到小跟屁虫都这么大了啊!”

“你的孩子也像我当年那么大了吧?”米璐试探性地问道。

轩辕摇摇头：“我一直一个人。她呢，她过得还好吗?”

“小姑也一直没有结婚，这些年她一直在等你。”米璐直截了当地告诉轩辕。轩辕愣住了，他定定地看着米璐，仿佛不敢相信她所说的话。米璐则继续说道：“小时候，我是她的跟屁虫，现在她是我的跟屁虫。这么多年我一直黏着小姑不放，就是怕她一个人孤单。”

“这么说，她……她现在也在这个城市?”轩辕有些激动。

“嗯。自从我来这里上大学，小姑就跟着我搬过来了。她现在在沿溪路开了一家便利店，这些年不管有没有希望，她一直在等你。”

“可是十五年前那件事……”

“那个人没死，小姑后来去看过他。而且，那件事情早就过去了。”

“我对不起她！当时说好了要回去找她，结果怕被抓一直不敢回去。等我回去的时候，却发现你们已经搬走了。后来，我就开始一个人到处漂泊。是我耽误了她！”轩辕喃喃地说。

“只要你愿意，任何时候，都不算太晚。”米璐轻轻地说。

食堂里鸦雀无声。我把两份儿土豆丝饼端上桌，轩辕看了看我说：“老板，加点儿醋吧。”

原来，食物真的是有记忆的，那些曾经发生的故事就附着在美味的食物上，咬上一口，便能回忆起往事。

四

“老板，赶快收拾下食堂，晚点儿我姑姑和轩辕要去给大家送礼物，很大的礼物哦。”食堂刚开门我就接到了米璐打来的电话。

第一个来的是老院长，我把米璐在电话里说的话告诉了老院长，老院长慨叹良久，说：“这是有情人终成眷属啊。土豆丝饼不是最重要的，重要的是蕴含在里面的感情。”

我说：“院长，您怎么说话跟个哲学家似的？”

“哈哈。”他笑道，“活了这么大，慢慢地就不会说人话了。”

食堂里的熟客差不多都来了，米璐的姑姑和轩辕还没有到。蛋仔有些着急：“等着收礼物呢，怎么还不来……”

“是谁这么着急要礼物啊？”蛋仔话音还没落，米璐、米璐的姑姑和轩辕就走进了食堂。轩辕脸上挂着从未见过的笑容，这也是他第一次主动和蛋仔说话。

“哈哈，我还以为你们不来了呢。”蛋仔说。

“说好的事情，怎么能不来呢?”米璐挽着姑姑的胳膊说，“姑姑怕来早了耽误老板做生意。”

“您客气了，来请坐。”我一边回应着，一边请米璐的姑姑和轩辕坐下。

米璐的姑姑画着淡淡的妆，乌黑的头发挽成一个髻盘在脑后，裁剪得体的旗袍裹在身上，更衬得一副好身材，举手投足间都看得出有一定的修养。米璐和姑姑眉眼之间很像，都透着一股俊秀之气。

“谢谢老板。米璐说的是实情，真是怕来早了耽误你做生意。”米璐姑姑说。

“大家都是朋友，不要这么客气。”就在这一瞬间，我突然为深爱食堂而自豪，它把这么多朋友聚集在一起，相互认识、了解，大家在开心和不开心时都会想到有这么一个地方可以静静地坐一会儿。

“这是我们给大家带的礼物，不贵重，但是我们希望把这份幸福给大家分享。”轩辕打开了带来的盒子。一打一打的土豆丝饼整整齐齐地码在盒子里。

“这是要干吗?”蛋仔惊讶地张大了嘴。

“轩辕做了 99 个土豆丝饼给姑姑，说是纪念失而复得的幸福。姑姑留下了 11 个，想把剩下的 88 个送给‘深爱食堂’。如果没有它，我也不会这么快就找到轩辕叔叔。”米璐解释道。

“蛋仔，你刚才不还着急要礼物吗？来，把这些都吃完。”轩辕居然和蛋仔开起了玩笑。

轩辕是厨师，做菜是他的本职工作，做得好是手艺，而这样一位厨艺精湛的大师下班后却从不做饭，原因只有一个，那就是欣赏他手艺的那个人不在。从此，做菜成了谋生的手段，而非是发自内心的欢喜，一本正经、严峻冷酷成了他的面具，是在考虑一些事情，或者说在等待一个人。现在，他等的那个人回来了，做菜成了他最开心的事，最简单的菜肴都能做出最丰富的感情。

“天啊，这要多久才能吃完啊!”蛋仔做出害怕的表情，“老板，救我啊。”食堂里的众人笑成了一片。米璐说得对，食物确实是有记忆的。它能记住你手掌的温度，和你在这份美食上承载的感情，你若用心去做，食物自然好吃，若你只是将做菜当成一项工作，它便只是一份儿食物，填饱肚子而已。

米璐他们走后，食堂吃了整整三天的土豆丝饼，大家都快吃吐了，可还是没人舍得扔掉。大家相信，食物的记忆能记住美好的感情，也能记住失而复得的幸福，而这，万万不可辜负。

土豆丝饼

原料 主料：新土豆两个
辅料：色拉油适量，盐适量

做法 1. 削好皮的土豆擦成丝，倒入少许色拉油，加入盐拌匀（也可以放入些辣椒粉，做成辣味的）。
2. 拌好的土豆丝均匀放入平底锅内（锅内滴少许油润锅），用中火将土豆丝一面煎黄，再翻面将另一面也煎黄。出锅即可。

当上天关上一扇门的时候，肯定会给你打开一扇窗。我不知道这句话是谁说的，但这个人肯定是一个经历过命运沉浮、悲欢离合的哲学家。他明白，生活不会一直把你抛弃。

一

自行车运动员小博和教练是深爱食堂中饭量比较大的两个客人，这也可以理解，整整一天的训练下来，身体的能量已经被耗费掉一大半。肉，成了他们两人晚餐的必备品。我不是素食主义者，但也很少见像小博和教练这样对肉食上瘾的。

片儿川是一道比较麻烦的菜，需要分两步做。精肉切片，放入用盐、生粉、料酒调好的汤里腌，腌肉的同时把竹笋切成薄片，这是做片儿川的前期工作。等精肉腌得差不多时，把油缓缓倒入锅里，油发热时放入腌好的肉片，高温煎炸，肉片渐渐发白，肉香也开始四溢。笋片和雪菜入锅同炒的时候，一定要看准火候，放得太早，等到出锅时雪菜就炒老了，放得太晚，笋片不容易炒熟。再加上一勺料酒调味。一分钟后，往锅里倒点儿水，然后盖上锅盖大火烹煮，咕嘟嘟的声音渐起。水分差不多快干时，撒点儿盐，起锅。再煮一锅开水，加入面，等面煮软后，将刚才炒好的菜倒进去，一起再煮一遍。这才算是做完。

“片儿川好了，请慢用。”我把片儿川端到教练面前。

“你真不吃?”教练在开吃之前，看了一眼坐在自己身边的小博。小博摇摇头。“真不想吃?”教练追问，有一种试探和炫耀的味道。

“想吃，但是现在还没资格吃，等我比赛赢了再吃。”小博虽然眼巴巴地望着片儿川，表情却很认真。

我坐在吧台的角落，安静地听着两人的对话。一碗片儿川，在别人眼里只是一道菜，但在小博那却是赢得冠军的奖励，这也算是一种动力吧。

看着教练狼吞虎咽吃片儿川的样子，蛋仔有些不满:“不就是一碗片儿川嘛，想吃就吃！我请客！老板，给小博做一份儿!”我没有动身，因为我知道小博是不会同意的。

“不要!”果然，小博高声抗议，把蛋仔吓得打了个哆嗦。“哦，我是说不用了。片儿川都是我每次赢了比赛以后才能吃的东西。”也许是意识到自己失态，小博声音又恢复到了原来的分贝。

“小博八岁那年第一次拿冠军，比赛后我带他去吃了一碗片儿川，也许是喜欢上了片儿川的味道，从那之后，他每次赢了比赛都会让我带他去吃片儿川。”教练解释说。

“原来是这样啊，小博吃的不是片儿川，吃的是赢的滋味。”老院长说。

“原来小博还是这么有原则的一个人啊。”英姿赞叹道。

小博挠挠头，不好意思地笑了:“老院长说得对，在我的概念里，片儿川的味道就是冠军的味道，坚持赢了比赛才吃，也算是我对片儿川的一种尊重吧。”

我小的时候，物资供应比较匮乏，鸡蛋算得上是奢侈品了，但是不管日子过得怎样艰辛，每年过生日的时候，妈妈都会给我做一碗长寿面，一碗面吃到最后，惊喜地发现碗底居然还卧着个荷包蛋。于是，每年都会盼着过生日，盼着吃那个藏在碗底的荷包蛋。小博想要的可能也是那种滋味吧。

“怪不得我在肉蒸蛋中吃到了影帝的味道，原来食物可以给一个人定位啊，所以我宣布：肉蒸蛋从此是我的标志！”蛋仔郑重地说。

“肉蒸蛋听你这么说，估计该哭了。”英姿毫不留情地讽刺道。

“哈哈哈！”欢笑声充满了整个食堂。

“要不这样吧，蛋仔，”老院长给蛋仔出主意，“你向小博学习下，也跟肉蒸蛋来个约定——不拿影帝绝不再吃肉蒸蛋！”

我无声地笑了。老院长的这个提议是想激励蛋仔去拿影帝呢，还是断了蛋仔吃肉蒸蛋的后路？我觉得后者的可能性大一些。

英姿跟我的想法一样：“那他岂不是这辈子都吃不上肉蒸蛋了？”

“谁说的！”蛋仔急了。

“那你就当陪陪小博呗。”老院长把蛋仔置入了一个无法回头的境地，拒绝就等于承认自己永远都拿不了影帝，同意则有很大很大的风险，有可能自己这辈子都得跟肉蒸蛋说拜拜了。食堂里没有人说话，大家都在等待着蛋仔的答案。

蛋仔紧紧皱着眉头，半天之后，从牙缝里挤出了几个字：“老板，再来十份儿肉蒸蛋！”

二

“老板，我们来啦！”门口传来小博欢快的声音。

“小博这么开心，有什么好事要和大家分享吗？”我一边问小博，一边去准备教练的片儿川。

“我今天去报名了，拿到一个很吉利的号码，66号呢。”小博冲进厨房喊道。

“哇，六六大顺，好兆头啊！”英姿兴奋地说。

“你看，连老天爷都惦记着让你好好比赛，你就放轻松好了。”是老院长的声音。

年轻的时候，我是不相信这些吉利数字、命理相术之类的事情的，年少无畏，总是凭着一股子冲劲儿到处乱窜，一股“我命由我不由天”的豪迈气概。但活的时间长了，才明白有些事情非人力所能为也，所谓一个人这辈子能做出多大的成就，本事倒在其次，都是时势使然。66，或许真的是一个好兆头。我一边做菜，一边对着小博说道：“恭喜你啊，小博，好好努力啊。”

我端上片儿川，环顾食堂，没有看到蛋仔的影子。“对了，蛋仔今天怎么没过来？难道不吃肉蒸蛋，连食堂都不来了吗？”我问。

“他不来，我还真有点儿不适应呢，感觉食堂好像比平时少了100个人一样，清净得有些不习惯。”老院长发着感慨，也说出了我的感想。

英姿和蛋仔在一起工作，也是最了解蛋仔的人：“他说今天有个制片人约他谈个事情，好像是有个什么电影要找他拍吧。”

“今天真是双喜临门啊。蛋仔终于等到今天了，说不定还真能拿个影帝呢。”我点点头，两个年轻人的梦想终于有了开头，久违的感动又回来了。

英姿抬起头，认真地看着我：“老板，你也太抬举他了。我现在强烈怀疑这个电影的题材，会不会是一部低俗限制级烂片啊。”

“哦，三俗题材吗？只要不是‘金瓶梅’、‘肉蒲团’什么的就成，哈哈。”我从内心还是希望蛋仔这次能成功的，年轻人不缺时间，总是缺少靠近梦想的机会。

食堂的门被缓缓地拉开了，蛋仔模仿着迈克尔·杰克逊的招牌动作出现在门口，耍帅地走到食堂中间，原地旋转 360 度，然后摘下礼帽扔向英姿。英姿利索地向右侧身，礼帽掉到地上。“喂，你怎么不接啊？”蛋仔摘下墨镜的第一句话就是责怪英姿没有配合表演。

英姿白了他一眼：“不感兴趣！”

我捡起礼帽，拍拍帽檐上的灰尘，递给蛋仔：“你这是刚从上海滩回来吗？”

“Yes！”蛋仔冲着我很绅士地鞠躬致谢，然后转身面向大家，“我要宣布一个振奋人心的好消息：我被选为电影的主演了！”食堂里响起掌声，英姿虽然不看好蛋仔的演技，但还是为蛋仔的这个机会而高兴。

我拍着蛋仔的肩膀说："恭喜你啊！要不你现在就给我签名吧，等你火了我就把它裱起来，挂在食堂里。"

"不用，那么麻烦干吗。"蛋仔很仗义地说，"等我火了，我还会照样来你的食堂吃饭的！到时候给你免费做代言人！"不管蛋仔将来到底能不能火到那种地步，他这句话还是让我很宽慰。

但是，英姿好像并不觉得这是一件好事："那老板这生意是甭想做了。对了，你这次是跟谁搭戏啊？不会是全智贤吧？"英姿大概想起了上次他们开玩笑时，蛋仔扬言要和心中女神全智贤搭戏的场景。"欧巴——"英姿贱贱地喊了一声。

"我这次谁都不搭，我跟一只狗搭戏！"蛋仔理直气壮地说。

"这还算是匹配吧。"老院长喝着小酒笑道。

"你们可别小瞧这只狗。"蛋仔神秘兮兮地坐下来，绘声绘色地讲述那只狗如何神奇，如何聪明，如何有人气，末了又强调道，"它在微博上可火了，都好几万粉丝呢！"

在这其间，小博一直安静地听着大家的讨论，也许他在内心里也正在构建着自己梦想中的场景。"蛋仔，真替你高兴！"小博说话很实在，没有太多的装饰。

"对，恭喜你，蛋仔，我们等着你拿影帝！"教练也鼓劲蛋仔道。

蛋仔很认真地看了看小博和教练："我还得感谢你们呢，要不是跟小博一起禁食，说不定都没有这好运气！看来付出总是有回报的啊！"

小博挥了挥手中66号的号码布："我今天也报名了，所以，一起努力吧！"

三

午夜过后，食堂里的客人先后都回去了。夜深人静的时候，一群人聚集在一起，以吃饭的名义贴近彼此取暖，也驱逐着我的思念。但是，欢聚总是有尽头的，天一亮，大家还是要为各自心中的梦想去奋斗，每当这个时候，深爱食堂就只剩下了我和我的思念。

“吱呀”门开了，一个高大的身影带着清晨的阳光和新鲜的空气走进食堂，我从回忆中惊醒，定睛看着来人。来人是小博的教练，早上的阳光如此明媚，可他脸上却笼罩着一团乌云。发现来的只有教练一人时，我心里升起了一种不祥的预感：“小博呢？”

“我让他先回家了。”教练拿出烟点上。一圈圈烟雾从他鼻子里冒出来，逐渐上升，形成一个个圆圈在空气中盘旋。

“要吃点早饭吗？”我问道。我只是一个厨师，做得了美味佳肴，却做不了心灵鸡汤，很多事还是得当事人自己去拿主意。此刻，我能做的只是提供场所和美食。

“有酒吗？”教练摇摇头，没有正面回答我的问题。

我从吧台下面拿出一瓶啤酒，一只酒杯。教练没用开瓶器，自己用牙齿打开了瓶盖，他也没用酒杯，吐掉瓶盖后仰头就喝，一口气下去，酒瓶里的酒已经喝掉一半。“小博恐怕不能参加比赛了。”他用手抹掉了嘴上的泡沫，顿了顿说。

“为什么？”我有些意外。小博准备了那么久，也对这场比赛抱有很大信心，这种结果恐怕有些让人难以接受。

“早上我带他去训练，成绩还算可以，但是小博还是有些不满意，唉，都怨我，没能劝住他。”教练懊恼地甩甩头，又点上了一支烟，“小博这孩子，就是太过要强，今天在场上拼命地练习，直到我发怒喝止他。当小博从自行车上下来的时候，右腿的膝盖没有任何征兆地弯曲了一下，小博没防备，也没有支撑住，直接就倒在了地上。”

“然后呢？”我感到事情不妙。

“我当时以为是抽筋，因为骑自行车训练量大，腿抽筋是很平常的现象，但是当我蹲下去，捏小博右侧膝盖的时候，小博忍不住叫了出来。我带小博去了医院，检查的结果，喏，就是这个。”教练从兜里拿出几张单子，上面潦草地写着几行字。

“这是……”

“禁止参加剧烈运动，否则会残废。”教练的话震得我许久反应不过来。小博怎么能接受这样一个结果啊！

教练双手捂着脸，声音像游丝一般从两手间的缝隙里飘出来：“我带小博的时候，他才七岁，这二十年里，我和小博在一起的时间比我和家人在一起的时间都长，就像是我的亲生儿子啊！可是现在……”教练用手使劲揉着自己的脸，放下双手，我在他脸上看到了泪痕。

“可惜这个好苗子了。小博知道自己的情况吗？”我叹了一口气，遗憾地说。

教练摇摇头：“小博对这次比赛抱有很大的希望，我还没有想好怎么告诉他。我不会让他参加比赛的，这个冠军宁愿不要，也不能让小博下半生靠拐杖生活。”他说着，将剩下的啤酒一饮而尽。

四

入夜时分，教练又来了，这次带着小博，两人脸色都有些阴沉。

“老板，片儿川，两份儿！”教练强调着数量。我明白教练的用意，尽管早上就已经知道了这个消息，但是当小博出现在我面前的时候，还是有些不忍和心酸。

我把做好的片儿川端到小博桌子上，小博低着头不说话，教练则一直在吸烟，气氛凝重到了极点。

英姿和蛋仔推门进来。“老板，麻婆豆腐！”

“肉蒸……”蛋仔像往常一样喊道。众人的目光在瞬间一起看向他，而蛋仔硬生生地把“肉蒸蛋”的“蛋”字咽了回去，改口说：“肉蒸蛋可千万别给我做，我马上要上镜了，要把最好的状态留给观众。”大家没有像往常一样和蛋仔开玩笑。也许是察觉出气氛有变化，蛋仔环顾四周寻找着答案：“哎，小博，你开始吃片儿川了？这是不是代表着我们的约定可以解除了？我是不是可以吃肉蒸蛋了？不不不，作为一名优秀的演员，我要严格要求自己。”

小博和教练都没有理蛋仔，大家都在低头想着心事。“啪”，小博突然双手拍在了桌子上，吓了大家一跳。蛋仔见形势不对，赶紧跑到老院长身边坐好。

“教练，你就让我参见比赛吧！”小博眼睛里含着眼泪，哽咽着说。教练无动于衷，端起碗把片儿川的汤喝了个干净。“教练……”见教练没有反应，小博开始哀求。

教练“啪”地一声把碗放在桌子上：“我说不行就是不行！医生的话你听不懂吗？你膝盖上的伤不允许你剧烈运动，你不是第一天骑自行车，训练强度有多大你自己心里清楚！”

教练把头转向一边，做出拒绝和小博争论的姿态。

“我知道。我小心点行不行？”小博还在争取着最后的机会。

教练站起来，对着小博开始喊：“你能不能清醒一点！不要为了一次比赛就拿以后的人生来做赌注！我宁愿不要这个冠军，也不想看到你后半辈子都离不开拐杖！”

教练的话震惊了食堂里的每一个人，大家放下手中的筷子，仔细地听着小博和教练的争论。

“教练，”小博也站起来，这个时候，他已经恢复了平静，脸上出现了一种超越年龄的坦然，“现在情况非常不乐观，这些我都知道。可是，我今年已经二十八岁了，可能很快就要退役，也就是说，这有可能是我最后的比赛机会，我不想给我的运动生涯留下遗憾。也许，这次我拿不到冠军，但是我不想就这样放弃，这样做是在逃避！我不想做懦夫！”小博清晰地表达着自己的想法。

不想留下遗憾，这是很多人经常会说的一句话，但是又有多少人能真正去做呢？为什么不去逃避呢，在不想接受的事实面前，这是最轻松的做法。

教练额头上的青筋渐渐退下去，他坐回自己的位子，把小博面前的片儿川拖到自己面前，大口地吃着，没有反对，但是也没有答应。第二碗片儿川见底了，教练头也不抬地说：“去参加比赛可以，但是你必须答应我，不能去争输赢。”

小博松了口气，也许这不是他最想要的答案，但起码他可以去参加比赛了。“我会在我承受范围之内去争取冠军。”小博答应了教练。

“小博，不管你是输还是赢，我们都会支持你的！你比赛那天我一定去给你加油！”英姿说。

“对，到时候我会带我们店里的明星宝贝去给你助威，它叫Luck，希望能给你带来好运啊。”老院长炫耀着他的宝贝狗。

英姿看了一眼蛋仔。“我得拍戏，但我答应你，你比赛前我绝对不吃一口肉蒸蛋了。说到做到。”蛋仔信誓旦旦地说。

英姿耸耸肩：“连吃货都为了友情放弃食物了，这个世界简直太美好了。”

小博转头看看我：“老板，你去不去啊？”

我已经很久不去这种热闹的场合了，习惯了孤独那就索性孤单到底吧。“我不能去啊，我去了谁给你们准备庆功宴呢？”我笑笑。

终于到了小博比赛的日子，老院长他们都去给小博加油了，我留在食堂准备庆功宴。

蛋仔像一阵风一样冲进来：“老板，我要洗脸！”

“你今天不是要拍戏吗？怎么这么早就回来了？”蛋仔脸上化着拍戏留下的妆，算是不是很难看，但是与深爱食堂总是有些不和谐的感觉。

“别提了，摄像机跟着小博跑了，都没人拍我了。”蛋仔嘟囔着。听蛋仔这么一说，我更有些摸不着头脑了，小博去参加自行车比赛了，跟蛋仔拍戏又有什么关系呢？见我一脸雾水，蛋仔解释说："我们今天在路口拍外景，眼见一个贼把一个中年妇女的包给抢了，就在大家都没有反应过来的时候，一个小伙子骑着自行车追了上去，摄像师一扭机器就跟着去拍了，后来，我们从导演的监视器里看到那个小伙子追上小偷后，飞身一跃就把对方按在身下了，手法干净利落。"

我忍不住问道："这跟小博又有什么关系？"

"那个小伙子就是小博啊！"蛋仔恨铁不成钢地看着我，"据说电视台知道了这件事，还找我们导演要视频呢，估计一会儿在新闻里就会播，但是看小博最后起身的样子好像是受伤了，这次比赛估计悬了。"

我抬头看看挂钟，小博比赛已经结束了，估计一会儿就能到食堂。"小博快来了，先收拾食堂吧。有什么事等他来了再说。"

收拾完的食堂焕然一新。桌子上饮料、零食都已经放好，英姿提前买的气球、拉花被蛋仔挂在屋顶，一条印着"热烈祝贺小博退役"的横幅醒目地挂在墙上，这是按照教练的要求写的，教练说，谁都有退役的一天，先挂上吧。

小博在教练的搀扶下走了进来。看到食堂的布置，小博一愣，显然这样隆重的庆功宴是在他的意料之外。"谢谢老板，费心了。"小博有礼貌地道谢。

大家在拼好的桌子边上围坐下来，小博艰难地站起身给大家鞠了一躬，"谢谢大家！"

"你的事情蛋仔已经和我说过了，你是我们的英雄！"我拍了拍他的肩膀。体育竞技比赛是力量与速度的对决，而在现实生活中，这种敢于见义勇为的勇气已经逐渐被淹没。

“小博，虽然你这次比赛没有拿到冠军，但是你在我们心里是永远的冠军！”“对，你不是赛场上的冠军，你是生活中的冠军。”英姿和老院长称赞着小博。

蛋仔看着墙上的挂钟，急忙道：“哎，快打开电视机，新闻要开始了，没准还会有我呢。”

电视里，一个操着河南口音的中年妇女正向记者表达着对小博的感谢：“这里面装着女儿的学费，是俺好不容易东拼西凑借来的，小伙子，你就是我们一家的救命恩人！”电视画面一转，是小博一瘸一拐推着自行车走向终点的画面。主持人介绍说：“本届比赛夺冠的热门选手小博，因勇斗劫匪导致旧伤复发，最终无缘冠军，但是这种见义勇为的英雄精神却值得很多人学习。”

看到最后的画面，小博遗憾地低下了头。教练拍拍他的肩膀说：“赛场上的冠军不能持续一辈子。体育竞技的内涵就是教会你要有不服输的韧劲和敢于直面生活的勇气，这也是当时我同意你参加比赛的原因。”

在大家还沉浸在伤感气氛中的时候，我悄无声息地把大家最喜欢吃的食物分给每个人。

小博看着面前的片儿川，露出孩子般的喜悦：“终于可以吃了！”

“我也终于可以结束禁食啦！老板，肉蒸蛋！”蛋仔强调着最后几个字。

“你不是拿了影帝再吃吗？”英姿看着他说。

“对啊，小博已经拿了生活上的冠军，他可以开吃，不代表你也可以吃。”老院长和英姿一唱一和。

蛋仔把玩着手里的筷子：“我就算了吧，我主要是为了陪小博，再说……我那部戏都停拍了。”

“什么？”大家惊讶极了。

蛋仔装作无所谓的样子说：“刚才打电话通知的，说是投资人跑了。据说是牵连到了周老虎的案子，我他妈知道周老虎是谁？没人给投资了，也没人付片酬了。我说我的片酬不要了，全给狗。制片人说我想多了，我的那点儿钱，狗主人都看不上！”这次换我们目瞪口呆了。

不管怎么说，小博成了生活的赢家，电视台的购物频道也因为小博的光荣事迹聘请小博做他们的快递员，就这样，小博又骑上了自行车，成为了一名快乐的快递员。从那之后，他每天都来吃一碗片儿川。生活很奇怪，它可以一会儿让你感觉像是在天堂，也可以瞬间让你感觉像是进了地狱，如何应对，还是取决于每个人对生活的态度。小博在事业的瓶颈处选择了知难而上，蛋仔也在接到停拍的消息后选择了“生命不息，奋斗不止”。按照他自己的话说来就是“天生我材必有用，蛋仔注定是演员”。

人生就是这样，如同一条河流，你不知道在哪一个地方就会突然拐一个弯，闪你一下子。在这条生命的河流中，有花开花落，有顺流逆流，你我都无法改变，但至少，可以坦然一些去面对。

片儿川

原料 主料：精制碱面条，猪瘦腿肉片，雪菜末，笋片

辅料：猪油适量，胡萝卜片少许，鲜酱油，盐适量

做法 1. 猪腿肉、笋分别切成大片，雪菜切成碎末。肉片下热油锅略煸炒一下，下笋片、胡萝卜片，酱油少许，再将雪菜末下锅，加沸水稍煮即成。

2. 各种料捞出，原汤留用。

3. 在炒料的同时，将面条放入沸水锅内煮片刻，去除碱水味，捞起，沥去水分，倒入卤料汤锅中煮沸，浇上猪油，盛入碗内，盖上雪菜肉片即可。

何以为家

食物也好，感情也罢都是要自己主动追求才能得到，哪怕有先天缺陷，火候到了，味道自然也就出来了。

一

油锅渐渐热了，我把准备好的黑芝麻均匀地撒入炒锅，不断翻炒。时间长了就会发现，撒芝麻和翻炒都是有规律可循的，撒得不均匀或者翻动得不及时，芝麻就可能会有的炒糊，有的还有生味。随着炒锅的上下起伏，黝黑饱满的黑芝麻像海浪一样翻滚着，发出沙沙的悦耳声，诱人的香气也逐渐在厨房里蔓延。火候刚刚好的时候，我把炒锅端离火焰，一股脑地全部倒进粗糙的石臼中，就像一股亮闪闪的墨水注入河湾。研磨这些炒好的芝麻是一件很费力气的活儿，我喜欢将石杵沿着一个方向转动，在石与石的摩擦中欣赏其中韵律般的美感。研碎的黑芝麻迸发出更浓郁的芳香，深吸一口，回味悠长。接着，我再把芝麻粉倒进小锅里慢慢熬煮，黏稠的芝麻糊冒出诱人的小气泡。

“黑芝麻糊好了，请慢用。”我把熬好的芝麻糊端给等候已久的良会。良会在电视台的购物频道做话务员，每天都会忙到很晚。

“嗯。”良会闭上眼睛，长长的睫毛抖动着，她用力地闻着黑芝麻糊散发出来的香味，“好香啊，光闻一闻就觉得全身都暖和了。没有老板的芝麻糊，我都不知道怎么熬过冬天呢。”

“我觉得黑芝麻糊都可以请你去做代言人了，你每天都喝一碗，上瘾啊？”蛋仔看着良会感慨的样子觉得有些好笑。

“嗯，确切地说是只对老板的芝麻糊上瘾，因为这里面有种家的味道。”

“家的味道。你看看，连广告词都出来了，蛋仔，作为演员你得努力啊。”老院长语重心长地对蛋仔说。我想，这也是我不喜欢用搅拌机的原因吧，我喜欢亲手研磨芝麻，然后熬出温暖香甜的芝麻糊，款待喜欢这种味道的人，对食物的认同，也算是对厨师的认同。

“院长，你上次不是说有朋友要把房子租出去吗？那房子还在吗？”良会轻声问着老院长。

“哎呀，这我得问问呢，你要租吗？”

“想先看看，我租的那个地方又要涨价了，一年搬三次家，真受不了！”

“你自己住啊？要不我们合租吧？”蛋仔突然冒出一句。

“啊？”良会被蛋仔的想法吓了一跳。

“你要干吗！”英姿站出来问道。

“你看看你，是你自己的想法有问题。”蛋仔很认真地说，“我是想我们这种远离故土、在外漂泊的创业青年住在一起可以互相取暖、互相照应，你们想到哪里去了!”

“哈哈，相互取暖这几个字从你嘴里说出来，我们怎么那么不信呢?再说了良会可不是什么在外漂泊的外地人，人家可是地地道道的杭州人。”

“嗯?”蛋仔一愣，“那你怎么不回家住呢?”蛋仔疑惑地看着良会。

良会神情有些恍惚：“回家?”良会一副不知所措的样子。

“哈哈，不管怎么样，一定要记得：珍爱生命，远离蛋仔!”老院长连忙打圆场。一席话说得大家都乐了，良会也露出了笑容。

有房子不等于有家。很久以前，我有一个简单的想法，攒钱付个首付，买个不用太大的房子，和心爱的人住在一起，如果还有余力，就在里面养只狗狗或者猫咪，大家在一起简简单单地过一辈子。但就是这么简单的想法，也不是每个人都能实现的。

杭州，这座一到夜幕便灯火辉煌的城市，又漂泊着多少无“家”可归的人。

二

一连好几天，电视购物频道总是在播放一款按摩椅的广告，电视上的展示模特就是蛋仔，这也是深爱食堂的电视机一直停在购物频道的原因。当然了，这是蛋仔自己的要求，与其他人无关。从这则广告播放的频率来看，这款按摩椅的销量应该很好，只是苦了做话务员的良会他们。

接近十二点的时候，良会来了，一脸的疲惫。她趴在桌子上，有气无力地说："老板，给我一碗芝麻糊，哦不，来两碗吧。"

"今天很累吗？"我关切地问。

"这几天卖的按摩椅很抢手呢，我们接的电话自然就多。"

"嗯，我也看到了，差点就买了。"我说的是实话，当时确实有买回家的冲动。

"那你看到我的表演了没？"蛋仔兴奋地问我，"肯定是我那自然的不漏痕迹的表演为这按摩椅加分了。"

英姿瞪圆了眼睛，瞅着蛋仔："我都快看不下去了，要不是直播，真想踹你一脚。一副贱样。"英姿说完对着蛋仔的方向做了个抬脚的动作。

"对了，这几天有个奇怪的事情。"良会突然说道，"这几天有一个老人，总是在晚上九点一刻打来电话，像是想买按摩椅，又好像不是。大家帮我分析分析呗。"

"他在电话里会说些什么呢？"老院长问。

"刚开始的时候会问一些比较常规的问题，比如是不是送货啊、能治哪些病啊之类的，再后来就问我多大啦，有没有结婚……"

"我去！不会是玩骚扰找刺激吧？"蛋仔打断了良会。

"我觉得不像。"良会摇摇头，"他在电话里还会说他孙女也和我差不多大，还有孙女小时候的趣事，他儿女都在国外定居之类的事情。”

“我觉得他可能是人老了，儿女们又不在身边，想找个人聊聊天吧。”良久，老院长说出一种可能，脸上还有着一种同病相怜的表情。

“他难缠吗？”我问良会。

“这倒是没有。”良会微笑着说，“他很好，还嘱咐我让我注意身体，有种自己家人的感觉。现在，如果哪天他不来电话，反倒觉得怪怪的。”良会喝完剩下的黑芝麻糊，嘿嘿地笑了。

“我也觉得老人只是想找个人聊聊天。”我赞同老院长的分析。空巢老人，通常物质上都不匮乏，只是身边没人说话，于是就想找个人聊聊天。良会的父母在她很小的时候就离婚了，家，对于良会而言成了最奢侈的渴望。良会说话的声音总是轻轻的、温柔的，她希望能尽自己所能去温暖每一个人，但是自己那颗渴望家庭的心却只能靠每晚的黑芝麻糊来弥补。一部电话，连起了两个孤单的人，勾起了各自对家庭和亲人的渴望。

后来，良会为了能在晚上陪老人说说话，主动申请多上夜班，于是几乎每晚，深爱食堂都会飘出芝麻糊的香味。

三

接连好几天，良会都没有来食堂，她喜欢的芝麻糊早就研磨好芝麻，保存在一边，等待着熬成芝麻糊。听英姿说，良会请假去医院陪床了。我想，这也是好事，良会和家人之间的隔阂终于能缓解了。

“老板，两份儿芝麻糊。”门开了，良会搀扶着一位拄着拐杖的老人出现在门口。

我急匆匆从吧台出来，和良会一起将老人搀扶进来。“这就是那位每天晚上都打电话的大爷。”良会向大家介绍说，“这是老板，会做好喝的芝麻糊的老板，这是老院长、乔公子、蛋仔、英姿，大家都是朋友，都喜欢吃老板做的菜。”

“哈哈哈，我住院的时候常听良会提起你们。”老人笑着说，“良会说，你的芝麻糊全是手工做的，非常好喝，所以我今天就缠着她带我来尝尝。”

“你们见面了？”蛋仔问了一句废话。

“是啊，我们见面啦。”老人学着蛋仔的样子回答道，“我还得感谢良会呢，要不是她啊，估计我早就不在人世喽。”老人爽朗地说。

“这到底是怎么回事啊？”英姿好奇地问道。

良会说：“那天晚上我一直等着大爷打来电话，可一直到十点半都没有消息，我怕大爷出意外，就悄悄抄下了他的地址，然后请了假，按照地址找过去。到了大爷家门口后，不管我怎么敲门都没有回应，于是，我就打了110。等警察进去，才发现大爷晕倒在地上。”

“医生说啊，再晚来一步我就没命了，看来天不亡我啊，被良会给救了。”老人接着说，“我住院后，良会就请了假在医院照顾我，我慢慢恢复了，良会比我都开心呢。”

“良会，我们给你点赞！”老院长竖起了大拇指。

“有惊无险就好，您稍等，我去给您做芝麻糊。”我转身走进厨房。

磨好的芝麻糊在小锅里咕嘟嘟地冒着热气。厨房外，良会和老人不知道在聊些什么，时不时地发出愉快的笑声，不知道底细还以为是爷孙俩。另一边，乔公子、蛋仔、英姿还有老院长也凑在一起小声地议论着什么。

“芝麻糊好啦！”我把熬好的芝麻糊端上桌。

“嗯，果然好喝。”老人对着我竖起大拇指，“我做了一辈子的研究，就是没有研究过美食啊，想不到老了还能尝到这么好喝的芝麻糊。良会，你很幸福啊！”

“您要是喜欢，就经常来喝，我提前给您做好。”我呵呵笑道。

我回到吧台，泡上一壶茶，又点上一根烟，慢慢地抽起来，却隐隐约约地听到了蛋仔他们谈话的声音。“你说良会这样做是图什么啊？”蛋仔小声地说。

“想不到良会请假就是为了去照顾他啊。”英姿对于良会的做法很惊讶。

“你说，这么晚了良会带老人独自出来，万一出点儿什么事，再被老人家人讹诈怎么办？现在这种事太多了。”乔公子担心地说，“我们要不要拍视频留个证据啊。”

我摇摇头，不想再去考虑他们谈论的话题。老院长自始至终都没有说话，也许我们都是相信老人和良会的吧，只是两个渴望家庭的人相互取暖而已，为什么要再给他们增加那么多不必要的东西呢？

“你看，我说得没错吧，老板做的芝麻糊就是有种家的味道。我小时候妈妈就经常用芝麻糊喂我。”良会开心地说。这是从认识良会以来，我第一次听见她主动提起妈妈。

“哈哈，确实啊。要是再年轻一点儿，我一定多喝几碗，现在不行啦，老喽！”老人笑呵呵地说，“我女儿小的时候啊，经常哭闹，她一哭我就喂她喝芝麻糊，唉，那也是家的味道啊。”老人和良会笑笑，端起碗喝完剩下的芝麻糊，一圈黑色的芝麻糊粘在两人的嘴上。“哈哈！”老人看着良会大笑起来，“良会长胡子啦。”

“您也有！”

“哦？是吗？哈哈哈！”老人爽朗地笑着，丝毫看不到他心底的阴霾。

通过交谈，我了解了老人的故事。他应该是这个城市具有代表性的一员，老伴过世早，几个儿女都在国外定居，剩下老人独自生活在这里，孩子们想把老人接到身边，可老爷子有自己的脾气，不想到老了漂洋过海没了根。老爷子常说，搬出现在的老房子，去世多年的老伴就找不到家了。于是，大批像老爷子这样的空巢老人，只能一个人住在一所大房子里，安静地度过自己的余生。

四

总以为还能再次见到老人，却没想到那第一次的见面竟成永别。在差不多快痊愈的时候，老人旧病复发，这次是脑干中枢神经堵塞，进了手术室后再也没有出来。生活的温暖，终究抵不过生命的脆弱。

葬礼结束的第二天，良会出现在深爱食堂，与她一起出现的还有一位西装革履的男人，一位衣着考究却面无表情的女士。“老板，能不能借你地方一用?”良会战战兢兢地开了口，“这位是老人的律师，这位是他的女儿。”

我点点头。三人在桌子旁边坐定，我端上三杯水，律师点头致谢，老人的女儿则是有些厌恶的欠欠身子，仿佛在嫌弃我或者是水会附着在她身上一样。蛋仔见了气冲冲地把筷子拍到桌子上，准备过来。老院长连忙拦住蛋仔。

坐在中间的律师表情凝重，一字一句地读着老人的遗书，女儿表情严肃但是看不到一丝伤悲，而良会早已哭肿了眼睛。

“最后一条，鉴于良会在我最后这段日子的陪伴和照顾，我名下的房产在我过世之后将归良会所有……”

“不可能!”老人的女儿打断了律师，“Crazy！张律师，这遗书是假的吧!”

良会看着张律师，看不出一丝表情。

“这份遗书是你父亲在意识清醒的情况下亲手所写，已经被公证处公正过，所以，对于遗书的真伪情况，我想你就不必质疑了。”张律师合上遗书，郑重地说。

“就算遗书是真的，我也不会同意的!”老人的女儿抗议道。

“这次宣读遗书只是通知你一声，并不是征求你的同意。若是没有其他疑问，择日我会带良会女士去办理房产过户的手续。”

女儿狠狠地瞪着良会，“你想干什么？你到底想干什么？你照顾我爸爸就是为了这个吗？现在你满意了？”她大声质问着，逐渐陷入了癫狂状态，开始控制不住自己的情绪了。蛋仔和英姿赶紧走到良会面前，用身体挡住了她。

老人的女儿大闹一通之后，愤恨地走了。良会则在一旁默默地啜泣着。

“好人有好报啊。”老院长感慨地说。

“我不想要什么回报，我只想他能再多活几年。”良会哭了一会儿，逐渐平静下来，“表面上看，好像是我在照顾他，实际上老人带给我的，要远远多于我付出的东西。很小的时候我父母就离婚了，我跟着妈妈长大，妈妈忙着赚钱养家、供我上学，她很累，所以在我偶尔叛逆的时候她就会动手打我，我们经常吵架。那个时候，我就决定等我长大了，我一定要搬出去，离开妈妈。有了这种想法之后，我们的交流就越来越少，有好几次妈妈想和我谈心的时候，我都以各种理由拒绝了。”食堂里很安静，大家都在用心听着良会的话，“后来，我工作了，拿到第一个月的工资后，我就从家里搬了出来。我收拾东西的时候，妈妈一直跟在我身后，我知道，她想劝我留下，可是我连让她说话的机会都没有给。见到老人后，他身上的亲切感感染了我，他经常会嘱咐我工作不要太累，要注意身体，要经常回家看看。真的，他的音容笑貌一直在我眼前。”

良会的话让人忍不住唏嘘感慨。也许，这就是命运的惺惺相惜吧，一个是儿女都不在身边的空巢老人，一个是和单身母亲有隔阂的女孩，因为对家庭温暖的渴望、对亲情的向往，让他们在这个冷漠的城市里成了彼此的精神支柱。

五

又一个夜晚过去了，看着早上冉冉升起的太阳和开始忙碌的人群，我伸个懒腰，准备回去睡觉。在别人眼里，我是一个昼伏夜出的人，有着和别人不一样的作息时间，谁也不知道，晚上营业的时候才是我最开心的时刻。在小小的食堂里，我看着别人的悲欢离合，听着不属于自己的喜怒哀乐，做着自己最喜欢的美食，这种生活是我的追求。

“老板，还能做芝麻糊吗？”在我沉思的时候，良会走了进来，手里提着一个保温盒。

“可以，不过需要现磨，时间可能会长一点儿。”我说。

“没关系，我可以等。”良会笑着说。这是平时在她脸上很少见的微笑，以往的她同样喜欢对人笑，但是那种笑容是标准的“八颗牙齿”的微笑，也许是职业习惯，也许是笑容里藏了太多的忧伤。但是，今天的良会的笑，毫无掩饰，直透内心。

“今天心情不错啊？不用上班吗？”我笑着问道。

“不用，我今天请假了。回家看看。”说到最后一句，良会开始有些不好意思。

“想通啦？”

“嗯。能让我和你一起做芝麻糊吗？今天我想试一下，做一份儿带回家让妈妈尝尝。”良会指了指手里的保温盒。我停下手里的活，怀疑地看着良会。良会点点头：“是真的。”

“好吧，先过来洗手。”

良会欢呼着走进厨房。不得不说，良会是个很贤惠的女孩，厨房里的工具样样拿手，我之前还担心她会把厨房搞得一团糟，现在看来，这种担心完全是多余的。

“撒芝麻的时候一定要撒匀了，要不然熟得就不一样快。”我边往锅里撒芝麻边向她解释。良会抓起芝麻学着我的样子撒下去，渐渐有了香味。

良会两只手握住炒锅的手柄，一下一下小心翼翼地翻炒。“炒芝麻必须这样翻炒吗？好累的。”炒锅有点重，瘦弱的良会颠了几下就开始出汗。

“我来吧。”

“不要，让我体验下。”良会拒绝了我的提议。

“炒芝麻是做芝麻糊的第一步工序，翻炒得越均匀，芝麻炒熟的程度就一样，熬出来的味道自然要好一些。”良会若有所思地点点头。“来，把芝麻倒进去，这是第二步。”我拿出石臼，让良会把炒好的芝麻倒进去。“磨芝麻要一下一下地转，需要有耐心，性子急的人干不了这个活，还有，最好要顺着一个方向转动，要不然芝麻就容易洒出来。”我示范了几下：“你试试？”

良会接过石杵，一边按照我刚才的样子一下下研磨着，一边说：“以前只是觉得芝麻糊好喝，从来没想到做一碗芝麻糊要费这么大的功夫。我小时候很喜欢喝这个，妈妈就一遍遍不厌其烦地给我做。可是，我爸妈离婚后，我就再也没有喝到过妈妈磨的芝麻糊。”我理解了良会对芝麻糊上瘾的原因，也明白了那句“有家的味道”的广告词背后的含义。石臼里的芝麻被研碎了，浓郁的芳香迎面扑来。“老板，每天都能闻到这么香的味道，你是不是很幸福？”

“算是吧，只是在厨师的眼里，臭豆腐的味道也是很香的。”说这话的时候，我很自然地想起了董小姐。然后我笑着摇了摇头，帮良会把磨好的芝麻粉放进小锅里慢慢熬煮。“该找个男朋友了。”我提议道。

“再等等吧。”良会摇摇头，“其实，爸妈吵架对我的影响要远远大于他们离婚带给我的伤害。我一直觉得如果两个人在一起过得不开心，分开是可以理解的，但是他们吵架的样子我一辈子都忘不了。我不喜欢妈妈哭泣时爸爸骂骂咧咧的样子，那个画面让我觉得爱情根本就是不可信的，再牢固的感情在现实生活面前都会变得支离破碎。再说，也没有碰见合适的呀！”

黏稠的芝麻糊在锅里冒出诱人的气泡，咕嘟嘟的声音打断了我们的谈话。我关上火，让芝麻糊在锅的余温里稍微熬一会。

“不能这么说吧，感情是等不来的，碰见合适的还是要自己去争取。”我搅搅香气四溢的芝麻糊，重新盖上盖子，“最重要的是，你一定要记住，父母的爱情有他们那一辈人的苦衷，不管他们有没有一直走到最后，你都不能因此而怨恨他们。去看看妈妈吧，母女哪有隔夜仇，你现在能主动回家是对的。”

良会点点头，又叹了一口气，陷入了一种若有所思的沉默。

后来，良会卖掉了老人赠与的房产，把钱一分不剩地捐给了孤儿院，自己也辞掉了原来的工作，跑到孤儿院做一名普普通通的工作人员。当大家知晓了这个消息之后，再一次被震惊了。

“你不是一直想买一套属于自己的房子吗？为什么要把到手的房子卖了呢？”英姿不解地问。

良会深深地吸一口芝麻糊的香气：“好香！我现在也在攒钱

啊。照顾老人的时候我并没有想到他会把房子留给我，我只是觉得他很亲切，有家的感觉。”

“还没回答我呢。”英姿着急了。

“我不用买房子了。”良会笑嘻嘻的回答，“因为我搬回家去住了，我家就在杭州啊。”

“那你还攒钱干吗？”蛋仔问。

“攒钱换一个大一点儿的房子，和妈妈一起住，把这么多年欠她的补回来。”

“哎哟，我失去了一个好的舍友啊。”蛋仔开玩笑地说。

“你把房子卖了，妈妈同意吗？”老院长问。

“在这件事上，妈妈一直支持我的做法。她说，把钱捐给孤儿院能帮助更多的孩子，是善事，老人家若是有知，应该也会高兴的。”良会认真地说，末了又道，“对了，老板，妈妈又开始做芝麻糊了，还扬言要和你比一比，看谁做得更好喝。”

若是真有这么一场比赛，那我必定是败北的一方，在同样的一道菜里面，我倾注的是我对这道菜的理解、感情，而身为母亲的人倾注的则是对女儿的爱，甚至是自己的全部。在这般母爱面前，我又怎么可能会赢呢？

“那我肯定会输的。”我淡淡地笑了笑，转头向窗外望去。此刻的杭州，正是万家灯火。

任岁月流转，华灯明灭，深爱食堂永远停驻在这座城市的角落里。在夜幕降临之时，为漂泊的人提供一个暂时憩息的地方。春来秋去，花落花开。有人离散，有人归来。这里不停地上演着各种悲欢离合，世间百态。

因为短的是深夜，长的是人生。

芝麻糊

原料 主料：黑芝麻粉三汤匙，细砂糖一汤匙，杏仁粉一汤匙
辅料：糯米粉一汤匙，水

做法
1. 黑芝麻粉、杏仁粉和糖放入小奶锅中。加入清水至没过小奶锅的一半左右。放到炉子上烧着去。
2. 调糯米粉浆：一汤匙糯米粉加入100毫升清水搅和均匀即可。
3. 把糯米粉浆淋入烧开的芝麻粉水中，迅速搅动使糯米粉糊化，边搅边煮，至芝麻糊黏稠即可。

图书在版编目（CIP）数据

深爱食堂 / 格誉 著. —北京：东方出版社，2014.9
ISBN 978-7-5060-7771-2

Ⅰ.①深… Ⅱ.①格… Ⅲ.①故事—作品集—中国—当代 Ⅳ.①I247.8

中国版本图书馆 CIP 数据核字（2014）第 222748 号

深爱食堂
（SHEN'AI SHITANG）

作　　者：格　誉
策　　划：轩辕改之
责任编辑：姬　利　王晓枫
出　　版：东方出版社
发　　行：人民东方出版传媒有限公司
地　　址：北京市东城区朝阳门内大街 166 号
邮政编码：100706
印　　刷：北京京都六环印刷厂
版　　次：2014 年 12 月第 1 版
印　　次：2014 年 12 月第 1 次印刷
印　　数：1—20 000 册
开　　本：880 毫米×1230 毫米　1/32
印　　张：9.375
字　　数：183 千字
书　　号：ISBN 978-7-5060-7771-2
定　　价：32.80 元
发行电话：（010）64258117　64258115　64258112